天下良知

TIANXIALIANGZHI

走向田野文化散文

李桂平／著

江西人民出版社
Jiangxi People's Publishing House
全国百佳出版社

目 录

引言 …

一座古书院的诞生

2015年5月，一个阳光和煦的下午，大巴载着我们出发了。按照吉安市委党校的教学安排，我们此行的目的地是位于青原山的阳明书院，在那儿进行现场教学。大巴停在停车坪的时候，我眼前看到的是净居寺，转过身看到的是阳明书院。走过一段缓坡，只几分钟阳明书院就在跟前。

书院门口有一块大理石做成的标牌，“东南邹鲁，西江杏坛”八个字最为醒目，院门左右的楹联“天理致良知真三不朽

阳明书院

王阳明松林静虑图

一脉心传登圣域；青原开讲席藉四名徒千秋德化壮庐陵”，概括了书院的性质。没进门已然感到此处与别的地方古书院的不同。重建后的阳明书院，保持了古建筑原有的风格，维持了原有的规模，功能布局作了相应的调整，突出展示效果。进门是一个院，迎面照壁上是一幅《王阳明松林静虑图》，横幅“真三不朽”，左右对联“其功其德其言千古几人如壁立；有学有思有得四时万物自心生”，概括了王阳明的功绩和学术特点。传心堂是阳明书院的核心，这座古典的楼阁建筑最能彰显阳明心学的精神。漫步传心堂，细心领会写在大门和宝壁两边的对联：“传理入心慎思参透儒禅道；致知格物笃学洞明天地人。”“道悟于心经天纬地；心传以道震古烁今。”“良知二字传心远；圣域千秋遗爱深。”字

传心堂

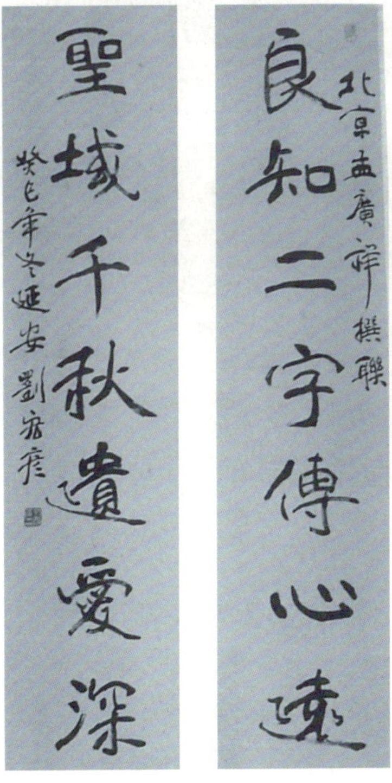

传心堂楹联

字句句传递着良知的智慧。传心堂后面还有一块牌匾，题着“金声玉振”四个字，两边的对联：“理明即是心传心弘道；意发而为物格物求真。”看得出，这些楹联是历朝历代对阳明心学的领悟和颂扬。

五贤祠是祭祀王阳明及其四大弟子的圣殿。大门两边写着：“善恶由心门前我抱齐贤志；后先相踵江右谁矜破贼才。”这是一幢两层的仿古建筑，一楼是五贤祠，正中内壁是王阳明像，堂

五贤祠

中牌匾题写“道契前贤”，左壁为邹守益和聂豹像，右壁为欧阳德和罗洪先像。中间柱子上有两副楹联：“求放心以致良知境境无非圣境；敷化雨而滋茂育贤贤即是名贤。孔孟堪齐硕学鸿儒千古誉；内墙大启春风化雨五贤堂。”二楼是魁星阁，专门供奉魁星爷。头顶匾额上题写“文光射斗”，后方中间两边柱子写着：“笔下经纶文光凌斗宿；心中家国儒德耀乾坤。”再到一楼，环顾四周，肃立在这个不大的屋子里，抚今追昔，似乎有一股力量拽着我，走向高高的心灵海拔。

从五贤祠出来，拐一个弯，出了小门，穿过小巷，有一幢宏大的砖木建筑，这儿大概就是过去阳明书院的讲会。现在功能作了调整，变成了阳明书院博物馆。王阳明本人以及王学门人的生平事迹都有详细介绍。细细品读，心里头感受最深的是一句话：静处是修身的良药，浮躁是堕落的深渊。数百年来，阳明书院始终充满参悟人性通达心灵的光辉。做圣贤的理想，把他们集合在青原，说不清多少人与青原性命关联。

这是我第一次去阳明书院，也是我第一次真切感受阳明心学。正是这一次让我萌生了写作《天下良知》的冲动。其实一开始，我并没有想到藏在青原山的这座古书院，会带给我如此大的冲击力。我只知道青原这个地方不简单，文化根基很深。我是带着“青原”这个命题走访青原、阅读青原、亲近青原的。这一圈圈走下来，我的视野渐渐宏阔，站在青原，我仿佛可以雄视天下，俯察古今。

1510年（明正德五年）对庐陵而言是一个历史性的纪年。王阳明来了，他带着龙场悟道的兴奋以及重返官场的喜悦来了。谁也捉摸不透这个七品县官的理想，或许在这个县官的心里，德化高于治化。他不好好坐在县衙办案，却老往青原山跑，士绅、官员，跟着来了；秀才、举人、学子也跟着来了，与王阳明一道在净居寺打坐静思，听王阳明讲授致良知之道。无恶无善心之体，有恶有善意之动，知恶知善是格物，去恶从善是良知。王阳明了不起，他向天下宣示：但凡有一念向上，虽凡夫俗子，皆可为圣贤。这来自天籁的声音传遍神州，感动了千千万万官员士绅和学者。美丽的青原如心灵圣域，天下向往。

一座古书院诞生了。无需仪式，仅凭着一个人的良知，一个人的人格魅力和知识学养。而心甘情愿跟随他的官员，或许只知道当年他被打了屁股贬谪龙场的事。王阳明在庐陵任上干了半年，踌躇满志地走了。因为他知道，他在庐陵留下了致良知的种子，在这块致良知的沃土一定会生根开花结果。

第一代王门弟子邹守益没有辜负先生，青原讲会春秋开讲，大江南北，学者云集，九十岁的大学者湛若水也来讲学。施闰章在《游青原山记》中写道："寺外荒祠别馆数十间，问之，皆先儒讲堂也。盖自王文成(阳明)官吉州，数过青原讲学，邹东廓(守益)诸公翕然景从。吉州九邑各有馆，缙绅百余人又总萃于一堂。岁会以春秋，留三日，从游者甚众，至假榻满僧舍，弦诵洋洋振林谷，而西江之学名天下。"由此可见，当时讲学盛况空前。王门心学成为显学，而青原山正是显学之所。其实阳明书院与众多的书院不同，在很长时间里，它连固定的讲学场所也没有，占着净居寺的房舍和民居祠堂，实际上是一种讲会式书院。然而，阳明书院从一开始就立足人性考量，这个站位令人惊叹。

在吉安，白鹭洲书院名噪天下，它位于赣江江心，不仅风光旖旎，而且办学特色鲜明。其宗旨是让邑内取得秀才身份的生员，经过学习参加乡试取得功名。《白鹭洲书院志》记载："古心先生创建书院，是时，庐陵挟策者二三万人。"可见白鹭洲书院的盛况。与之相比，阳明书院的生员都是求良知的官员学者以及民间的有为士绅，这个高度恐怕全国绝无仅有。

中国古代书院源自唐代，兴盛于明朝，据有关资料显示，明朝书院达到一千二百多所，私学基本上替代了公学，自由讲学的风潮席卷明朝，各种思想和学说在明朝的天空自由飞翔。有时候我想，中国社会跨越资本主义阶段直接进入社会主义，这样的选择必是一种无奈。经济基础决定上层建筑，当我们回过头来补课的时候，我发现我们错过了明朝。如果明朝没有张居正，或许中国思想史就将改写，中国近代积贫积弱落后挨打的历史就要改写。虽然张居正是一位了不起的历史人物，但是他紧紧护卫的是封建秩序，当心学门人庐陵籍思想家何心隐开始萌生资本主义思想的时候，当他在自己的故乡幻想着建立乌托邦的时候，张居正挥舞着国家机器向着他的头颅砍过来。天下书院大部分焚毁，没有焚毁的书院自然是维护封建正统。没有人可以评估焚毁书院带给中国历史的伤痛有多么深重。

好在阳明书院从一开始就没有固定场所。在当朝视心学为异端并不在少数，当然相信心学能为天下寻找正途的也大有人在。实际上张居正本人也曾是心学门人，因为他出自徐阶门下。冯友兰先生在《中国思想史》一书中说道，有两个新儒学门派，阳明心学归为不同于程朱理学的新儒学门派，这是很有道理的。从本质上讲，心学还是儒学，它维护着儒学的正统，弘扬着儒学的精神，发展和深化着儒学的精髓。格物致知，始于明明德，亲民，止于至善，终于明明德，亲民，止于至善，这个过程就是阳明心学的全部要义。心学的目标是致良知，研究的是方法论。对于这样一个学术流派又怎么可能是异端邪说？

明万历中期，张居正死后，恢复书院。吉安籍第二代王门弟子王时槐、刘文敏、胡直、甘采，这些曾在朝廷当过重臣或有名望的儒士，担当起恢复青原讲会的责任。组织会盟、会讲，数百人汇聚一堂，吃喝住宿，难免嘈杂，与清净的佛门并不融洽，长期如此，讲会难以为继。府县支持，寺院捐赠，在净居寺殿堂僧舍之右兴建五贤祠及传心堂，称作青原会馆。五贤祠中祀王阳明，配以邹守益、罗洪先、聂豹、欧阳德。从此讲会有了固定场所，并置会田四百亩，胜于讲会之需。此时，离阳明书院诞生已经过去了半个多世纪。历史写就的辉煌，往往是那些坚守良知的人们付出的努力。

1615年（明万历四十三年），青原讲会到了吉安籍第三代王门弟子手里，主盟者邹元标、郭子章认为原会馆偏小，还是满足不了需要，寺院内又受地势所限无法扩建，决定在寺外入山口翠屏山之阳，待月桥之旁新建馆舍。府县重视，士民纷纷响应，捐资献物。《青原志略》第七卷收录了郭子章《荆杏双修引》一文，文中论述："上自数百金，中至数十金，以及斗米尺布，皆可入。"新建的会馆，规模宏大。现在重建的阳明书院应该就是这个旧址。"杏荆各树一处，春来枝叶并蕃，孰分非合，孰合非分。"儒释守望，昭示一种新的气象。

目前普遍的看法是，阳明书院到了第三代掌门人手中，基本上消沉歇绝。自1510年（明正德五年）至1644年（明崇祯十七年）明朝灭亡，历时134年。然而，我看到的资料，阳明书院还远远没有完结。就在清军入关的这一年，安福三舍村刘淑英卖掉家产，拉起一支上千人的队伍，投入抗清的行列。三舍是心学门人集中的村庄，阳明书院兴盛时期，这个村庄的惜阴会是阳明书院的重要分支。刘淑英虽是女流，却深受致良知影响。她在《军事未毕家人劝我以归》诗中写道："屡世吾家受主恩，经营细柳已成军。毁尽钗环纾国难，九原聊欲慰忠魂。"国破家亡之时，一个女人不做怨妇，挥剑报国，无怨无悔。后兵败回乡，削发为尼。"半诵黄庭半诵禅，愧参佛祖愧神仙"，"十载空蒙一剑寒，光芒长向日月弹"，遁入空门，诗却豪情万丈。

惦记阳明书院的人一茬接着一茬。1651年（清顺治八年），吉安太守李兴元修复阳明书院。1669年（清康熙八年），时施闰章任江西布政司参议，分守湖西道，再兴青原讲会。他和净居寺住持药地大师方以智及府县商议，对传心堂、五贤祠进行整修扩建，并在山门外立"祖关"坊，会馆内立"圣域"坊，还在祠左右建书室，右楼称"仁树"，左楼称"见山"。1839年（清道光十九年），吉安知府鹿春如倡建阳明书院，社会各界踊跃捐资，1841年（清道光二十一年）主体建筑落成，院舍初具规模。前后三进，占地十二亩。前门额题"西江杏坛"匾，第二进为"传心堂"，第三进为"五贤祠"，祠上方建"魁星阁"。两边设楼舍五直，设"志道"、"据德"、"依仁"、"游艺"四处学舍，房舍共四十间。清咸丰、同治年间，吉安成为太平天国主战场之一，阳明书院毁于战乱。自1510年至1874年的364年间，阳明书院从无到有，从小到大，数度兴废。然而，良知的力量让这座古书院坚而不摧，现在青原重建阳明书院，就是让良知的信仰不倒。

2015年8月，我在修改完成《天下良知》写作提纲之后，第三次来到阳明书院。第二次是从富田回来顺道而去，已近傍晚，时间匆匆，立在院中待了一会，心中便多了几分亲切感。这一次却是酷热难耐的晌午。我静静地来，连书院的大门都没进。如田间劳作归来的农夫，坐在大树下享受微风拂汗的惬意。我静静地感受，五百年来学子的梦想与沮丧，心灵的迷茫与疼痛。穿越时间的道路通畅而闭塞，我们需要什么，我们要去哪里？善与恶的绞杀永远不会停息，而天下需要良知。风来的时候，我静静地离开，连鸟儿也没有惊飞。

第一章 / 青原

自螺川而望东南，其青青者，皆青原也。

——方以智《青原山水约记》

穿越青原

多好的地方配叫青原呢？

青是大地的颜色，这颜色充满生机，孕育果实，阳光雨露，大地飘香。而原更是一种开阔的气质，它是大地的灵魂，这灵魂精血铸造，彰显崇文正义的不朽精神。

清初净居寺方以智大师在《青原山水约记》中描述："自螺川而望东南，其青青者，皆青原也。"我请教青原人，螺川是哪条川？他们告诉我，螺川是赣江流经吉安城的一段。吉安城西北有一座山，叫螺子山，山下就是赣江，江东便是青原。

1636年（明崇祯九年）11月29日，徐霞客进入吉安境内，12月19日往青原山，用了十一天游历青原，详细记录了每日在青原山的游历见闻。最后一天徐霞客在游记中写道：

十九日　昧爽行，十里，复循西崖山之南而行。三里，为值夏。西八里，逾盂堂坳，则赣江南来，为泷洋入处。又二里，张家渡、乃趁小舟顺流北下。十里，有市在江左，曰永和。其北涯有道，可径往青原。乃令张氏送者一人，名其远，张侯之近支，随舟竟往白鹭。而余同张二巫及静闻登北涯，随山东北行。五里，入两山之间。又一里，有溪转峡而出。渡溪南转，石山当户，清涧抱壑，青原寺西向而峙。主僧本寂留饭于其寮，亦甚幽静。盖寺为七祖旧刹，而后沦于书院。本寂以立禅恢复，尽迁诸书院于山外，而中构杰阁，犹未毕工也。寺后为七祖塔，前有黄荆树，甚古，乃七祖誓而为记者。初入山，不过东西两山之夹耳，至北坞入而南，亦但觉水石清异，涧壑潆回。及登塔院，下瞰寺基，更觉中洋开整，四山凑合。其坞内外两重，内坞宽而密，外坞曲而长，外以移书院，内以供佛宇，若天造地设者。余以为从来已久，而本寂一晤，辄言其兴复之由，始丙寅、丁卯之间。盖是寺久为书院，而邹南皋、郭青螺二老欲两存之，迎本寂主其事。本寂力言禅刹与书院必不两立，持说甚坚，始得迁书院于外，而寺田之复遂加破竹矣。寺前有溪，由寺南深壑中来，至寺前汇于翠屏之下。翠屏为水所蚀，山骨嶙峋，层叠耸出，老树悬缀其上，下映清流，景色万状。寺左循流而上，山夹甚峻，而坞曲甚长，曲折而入十里，抵黄鲇岭。坞中之田，皆寺僧所耕而有者。入口为寺之龙虎两砂，回锁隘甚，但知有寺，不复知寺后有此坞也。余自翠屏下，循流攀涧，宛转其闻，进进不已，觉水春菜圃，种种不复人间。久之，日渐西，乃登山逾岭，仍由五笑亭入寺，别立禅即本寂。出山，渡溪桥，循外重案山之南。五里，越而西，遂西北行十里，渡赣江，已暮烟横渚，不辨江城灯火矣。又三里，同二张宿于白鹭洲。

青原自古属庐陵，公元前221年建县，1914年改为吉安县。吉安地区撤地设市后，青原从吉安县单列开来，成为独立的行政区域。这样的区划似乎更加合理。青原地方不大，穿越青原，左边是山，右边是水。武夷山脉逶迤青原，神龙见尾不见首。发源于兴国的的富水河，从大乌山奔泻而下，经富田、云楼、新圩、文陂、值夏注入赣江。

青原神奇，千古传名，不知有多少达官显要、文人骚客在青原留下诗篇。北宋黄庭坚入青原赴任泰和知县，看到青原“坑路羊肠绕，稻田棋局方。林间塔余寸，风外竹斜行。吠客犬反走，惊人鸟坌忙。山形与祖印，岑绝两相当”。南宋杨万里的老家离青原不远，他眼中的青原“崖谷求仙底有仙，金梯上去即仙源。山川第一江西景，风月无边相国园。十倍黄楼况黄阁，千寻青壁是青原。写成脚力犹强句，灯火笙歌特地喧”。清初李元鼎笔下“青原青未了，把臂入林深。路折皆逢渡，山环不辨岑。高崖奔远濑，怪石冷层阴。岭外樵风发，松林起古音”。在诗人们的笔下，青原山水环绕，特色鲜明，揽山川之胜，聚人文之最。

仁者乐山。胡铨致仕回青原老家，索性在青原山支起木屋，在这里度过生命的最后时光。亲近自然，所有的一切化作烟云。一眼并不奇特的泉，在他眼里，水珠喷涌，水沫如雪。取名“喷雪泉”，雅喻“碧乳泉”，再题诗《喷雪泉》，云：“庐峰漱玉旧传名，今见青原喷雪成。两处山川肯相下？洗除尘垢一时清。”半生流放，身躯疲惫，而他的心灵永远圣洁。听说胡铨木屋落成，杨万里前去道贺，题诗《贺澹庵先生胡侍郎新居落成》：“眼高不肯住清都，梦绕江南水竹居。却人青原更青处，抱看黄本硬黄书。剪裁风月聊堪醉，拆洗乾坤正要渠。赐宅不应公得免，未知北第似林庐。”那一刻，两个圣洁的心灵在这青青世界陶然而醉。

怀念古人。很多时候我羡慕他们，是仰慕他们的才华，更是因为他们的诗文永远灵动，鲜活在家国情怀和高雅情调里。而我们缺失的正是这种心境。

我孤陋寡闻，在青原山看到“祖关”牌坊之后，才知道颜真卿与吉安有着如此深的渊源。公元765年，颜真卿被贬为吉州司马，青原成了他理想的去处。其实司马这个职位就是个闲官，无职无权，只领俸禄。而且处境还特别尴尬，别的官员避嫌不便接近他，他也不好意思给别人添堵。心无所依，横渡赣江，去青原地界亲近佛，驱除心中孤寂。时间长了知道他的人很多，人们敬佩他的人品，愿意听他讲学。那时，书院刚刚萌芽，吉安并无白鹭洲书院，颜真卿能在哪儿讲学呢？史书没有确切记载。但我想，既然官员们并不待见他，他又能去哪呢？或许吉安最早的书院就在青原。

颜真卿在吉安留下了许多珍贵的东西，在他诸多的著作中，有一部《庐陵集》，可惜这部著作到宋代已失传，只留下一个书名。《吉安府志》记载：“今溪山深处往往有其石刻题咏。”今天只知道两处，一处是永新禾山石刻“龙溪”，另一处是青原山净居寺牌坊“祖关”。石刻“龙溪”二字我没有见过，“祖关”二字遒劲舒和，神采传动。历史上许多著名书法家都有一个共识，“鲁公笔迹，惟庐山吉州题名，为不失真”，有人将“祖关”二字按原样镌刻在石头上，施闰章又将“祖关”刻在青原山门牌坊上。“祖关”二字曾遭毁坏，石碑断为两截，存于净居寺。当代净居寺重修时，“祖关”二字被

颜真卿手书：祖关

复制在大理石上，再次立起“祖关”牌坊。历史的细节常被丢失，又常被捡拾，如此反复中取舍价值。

颜真卿是书法大家，但在官场并不如意，他一生多次被贬，最后被叛军缢杀，谥号文忠。巧合的是，庐陵欧阳修、周必大也获得了同样的谥号。雁过留声，人过留名，况乎颜大师？《吉州人文纪略》记载：“颜真卿事吉州，铿訇人节，诵慕无穷。至欧阳修一代大儒，开宋三百年文章之盛，士相继起者必以通经学古高，以救时行道为贤，以犯言敢谏为忠。”在他去世二百年之后，庐陵文风显露风头。为纪念这位寓贤，1268年（宋咸淳四年），庐陵人在螺子山东侧兴建颜鲁公祠，白鹭洲书院山长欧阳守道为颜鲁公祠记文。颜真卿与吉安缘分未尽，孙辈中一个叫颜翊的被派往永新做知县，这家人从此迁到永新，并在永新代代繁衍。永新颜氏族谱记载，永新颜氏大部分是颜真卿的后代，其中一支于宋元时迁居青原，现居青原值夏镇。

颜真卿(709—784年)，字清臣，别号应方，今陕西西安人，祖籍山东临沂，唐代名臣、杰出的书法家。开元二十二年(734年)，颜真卿登进士第，曾四次被任命为监察御史，迁殿中侍御史。因受权臣杨国忠排斥，被贬为平原太守。安史之乱时，率义军对抗叛军。唐肃宗即位后，拜工部尚书兼御史大夫，为河北招讨使。至凤翔，授宪部尚书，后迁御史大夫。唐代宗时官至吏部尚书、太子太师，封鲁郡公。兴元元年(784年)，遭宰相卢杞陷害，被遣往叛将李希烈部晓谕，凛然拒贼，终被缢杀，谥号文忠。颜真卿书法精妙，创“颜体”楷书，与赵孟頫、柳公权、欧阳询并称为“楷书四大家”。又与柳公权并称“颜柳”，被称为“颜筋柳骨”。一生著作甚富，有《韵海镜源》《礼乐集》《吴兴集》《庐陵集》《临川集》。宋人辑有《颜鲁公集》。

罗镜仁先生1944年编写《青原山志》时，如是总结青原：“青山青史垂今古，原水原文壮太虚。”这样的描绘似乎更适合青原。

一次简单的行走，青原留给我太深的印象，古村、古祠堂、古树、古俗遍及青原，一个中国历史文化名镇，两个中国历史文化名村，四个江西历史文化名村，这些名号集中在版图一隅，足见这个地方的人们敬畏自然、敬畏祖先。对这样的地方，我心中的敬意油然而生。

富田是中国历史文化名镇，也是民族英雄文天祥的故乡。在富田，青原的朋友陪着我考察横坑榨油坊，过去榨油坊在吉安乡间十分普遍，现在还能看到它心里很是惊讶。传统榨油坊讲究“圆”，槽身圆，水车圆，研槽圆，撞锤圆……圆形的水轮带动圆形的碾槽将木梓研成细末，包饼后在圆形的槽身中装槽，然后用圆形的撞锤撞击出油。一套榨油的全部工艺似乎都在圆中，圆是工艺的美，也是文化的价值。

横坑榨油坊能够列入江西省非物质文化遗产名录，是因为它有一套完整的仪式。拖槽时，槽匠杀公鸡血沥树身，祝赞道：“日吉良辰大吉昌，拖槽时间正相当。骑龙马，快加鞭，腾云驾雾去登仙。登仙自有登仙位，荣华富贵发万年。”祝礼毕，用斧头脑一斫槽树身，大喝一声“起”，随着这声叫唤，抬起槽树，喊着号子往前走。新槽开张祝赞：“日吉良辰大吉昌，恭喜宝槽新开张。我今闻听金撞响，亲临宝槽见端详。一个大尖当中立，左右排伏已成行，四十个金箍肚内藏。行尖打得步步进，口吐鲜油无数量。日产千斤不为多，夜产八百利润长。从今嘱你生意好，生意兴隆四海扬。”古朴的村庄风情，诗画一般进入我的视野。

朝禾圆拜是富田特有的民俗。端午节前后，禾苗打苞时，祭祀米谷神杨老爷、蝗瘟神三老爷和土地神，祈祷当年水稻丰收。数十个青壮男力轮流抬着几位神仙像往天马山朝拜。可惜我去的不是时候，早稻即将收割，王家村朝禾圆拜早已结束，我没能看到这场盛大的农耕盛典。但我在王家大祠堂前看到这场仪式留下的痕迹，红纸写的横幅以及仪式的组织机构。尽管我未曾目睹朝禾圆拜的盛况，但是我心里仍觉得热乎。

青原至今保留着许多与种田有关的习俗，天旱时孩童求雨，村里的孩童抬着一公一母两条狗，后面跟着一群手持盛水碗盆的孩子，他们挨家挨户穿过，一边洒水，一边唱《求雨歌》：“扛(抬)狗公，扛(抬)狗婆，求大雨，割大禾。上丘落了下丘落，一点一勺，两点一锅，落到田里笑呵呵。”求雨的队伍所到人家都会燃放爆竹，叫“接雨神”。我知道，这或许就是乡间儿童的一种游戏，我之所以喜欢，是因为它在孩子的心灵从此播下农耕的艰辛与期望。

青原的这一次行走，我没有看到土地抛荒，青原人对于土地的热爱依然保持着一种温度。很久以来，我一直寻找着并唤醒人们对于土地的那份执著，而青原给我的这份惊喜纯属意外。

心灵圣域

青原挺起的脊梁峻峭。山名青原，蜿蜒如蟒。群山中清溪如跳，流瀑如飞。一座古寺静处山洞，卓尔不凡。它有一个儒雅的名字，叫荆亭。

据说当年安福少年行思出家为僧，游过青原山，折荆倒插，心中默许，他日荆条若是成活，定在此建寺弘法。十五年后，已是禅宗六祖慧能高徒的行思，奉师命回到青原山弘法。青原形

净居寺

胜，当年信手插下的荆条长成参天大树，佛缘果真灵验，行思满怀信心开堂说法。归云阁有副门联提及此事，“浮庐药地，逢山是灵寿，荆条信手栽；阁上云窗，知天外白案，积古来青天”。佛是不同于凡人的另一世界，在这个世界不逐利但求名。这是中国的佛，因为文化的基因植入了中国人的躯体。

禅宗七祖行思师承六祖慧能。禅宗史上著名的“开悟”事件说的就是慧能。五祖选接法人，考的题目是作一首偈子，谁作的偈子让五祖满意，就立谁为六祖。当时五祖门下弟子七百，神秀最为出色，他思来想去，作了一首偈子写在廊壁上。偈曰：“身是菩提树，心如明镜台。时时勤拂拭，勿使惹尘埃。”五祖找神秀谈，你的偈子未见心性。刚到寺院干了七八个月粗活的慧能，被童子引到廊壁前，彼时慧能不识字，正好江州别驾在旁，慧能请他念了偈子。慧能说，我有一首偈子，有劳别驾帮我写在壁上。别驾甚惊，你一个舂米的也会作偈子？慧能念偈道：“菩提本无树，明镜亦非台。本来无一物，何处惹尘埃？”佛的语言玄妙，包含了无穷智慧。遥想当年，苦苦修行的释迦牟尼终于在菩提树下彻悟，“诸行无常，诸法无我，涅槃寂静”。声音响彻天际，一个圣人出现了，人类思想史上一种新的思想出现了。不识字的慧能悟性高，他的偈子直指人心，成为五祖选定的接法人当无悬念。多年后慧能回到韶关曹溪住持宝林寺，成为“南顿法门”开山立派之人，而神秀同样不凡，他留在北方领袖“渐悟法门”，中国佛教史上“北渐南顿”的局面由此形成。

行思被尊为禅宗七祖，发源曹洞宗、云门宗、法眼宗，可谓枝繁叶茂。何为祖？祖者，源也。斯为源，天下倾慕。唐玄

净居寺楹联

宗敕建七祖塔，大书法家颜真卿手书“祖关”，宋代名相李纲留下四十句长诗，其中“心花五叶开，法炬千灯传。当时寻思人，一见心不澜”，寓意深邃。最有代表性的是宋代名臣张商英的《青原山七祖塔》，诗云：“一派青原出少林，信衣到此只传心。寻常示众无人会，尽向庐陵米价寻。”最后一句“尽向庐陵米价寻”，源自禅宗史上著名公案。有僧问行思，什么是佛法大意？行思答，庐陵米作么价？意思是佛法不是高深的学问，就在日常生活中，就像天天要吃饭，知道米的价钱一样。净居寺楹联很多，我格外关注两副。大门外侧一副：“胸中无所得，漫倚安隐漫青原；尘外无相关，几阅桑田几沧海。”祖堂内一副：“创业成难，今日勿忘前日德；立基匪易，先人只望后人贤。”殷殷期望，似乎这儿并非佛堂。佛是这样质朴和亲切，它时时向我们走来，如果我们愿意，佛也可以时时留在我们心里。

一切宗教从来都是普通人的生活向导，神秘只是它的面罩。而它的内心向善，它宣示天下：善有善报，恶有恶报，不是不报，时候未到。劝导人们积德行善，不计较得失，才能脱离苦海，到达心灵自由的彼岸。

翻阅《青原山志》，无意间看到长生道人的传说。这个长生道人并不是人，而是一头猪。顺治年间吉安知府李兴元徒步走向城隍庙，路上看到一头猪紧随其后，一个手持镣钩的屠夫追着它，李知府动了恻隐之心，便买下这头猪，将其送往净居寺放生。当时笑峰大然禅师住持净居寺，见猪惹人喜爱，取名“长生”，法号“道人”。从此，这头猪成为净居寺一员。它通人性，僧众念经时喃喃自语，香客焚香时不时点头，从不损毁寺内物件。长生道人死后，药地禅师甚至为其立塔而藏其身，塔名“豕道人塔”。读这段文字居然怦然心动，我不知道这是故事还是真事，但不管它是什么事，都是佛门的事。

净居寺住持从来不乏大智慧者，写《青原山水约记》的方以智大师尤其特别。方以智本是明代崇祯年间的进士，有“明朝四公子”之称，做了四年官，明朝就灭亡了。作为抗清复明的斗士，失败后出家为僧，1653年（清顺治十年）受戒于南京天界寺，1664年入主青原做住持。他广结官绅，广交群贤，再次兴起弘法讲学之风，净居寺香火开始昌盛，青原佛场再度鼎沸，千年古树再生三枝。在青原讲学的人，以及在吉安做官的人大都与他交往甚笃。熟人，知识分子，名儒，感情上好沟通，这样的路线，造就了青原山别样的人文风景。

方以智《青原山水约记》如是记录青原山：

自螺川而望东南，其青青者，皆青原也。特以七祖道场居其中，而名其实。此山自文水嵩华来，叠嶂盘纡，起天玉、芙蓉、转黄岭，为资福寺。其于南临张渡，为洞岩朱陵观、西华峰白竺庵。西北㰍岃，临赣江为滩头泥湾，起鸡江峰，渡永和。东自鹧鸪岭，下龙集寺。浮山分夑氏并驱，绸塘斋楼，至于梅林。由是而言，中阿一带为玉原里，沿溪随华盖峰为云里、下里，又衍而为花园里，皆青原之麓阪也。净居寺独居帐内，双象重抱。青又庵之三溪出金粟，谷口为待月桥，南流历万善、磨下诸坂而入赣江。故水绕山复，皆为道场门户。自郡来者二十里，自鸡江来者五里，会于红亭，穿松林而入。圣域、祖关双峙传心之堂。“祖关”，颜鲁公所书也。溯溪而进象口，百花台塞焉，是为石镜。过新版桥，乃见刹竿，丹青肖然，殿居民点池中，环廊三桥，毗卢在后。其上则七祖塔，层楼覆之。“曹溪宗派”，王新建题。旁启簃门，则倒荆树在其右。木围丈余而枯，旁生一干，枯木之皮发三柹焉。因笑曰：“杏坛以桧奇，药材以荆奇，奇果在此乎？不福其材，贵在植耳。”塔左有泉，烛为须眉，饮之清冽，相传为七祖卓越锡泉。其下为碧乳泉、喷雪泉，胡忠简所名也。由卓锡泉而展臂过岘，为五笑亭。亭居青龙石，下临墨潭。潭之西，怪石壁立，群木争高，哕流其根，青荫蔽日，是曰翠屏。构亭相向，是赵、李诸公所修，盖古有之矣。安成思祖从曹溪来，卓锡故乡，鲁公题名，在唐为盛。黄山谷长咏与周元翁碑在殿壁。元翁，濂溪之子也。张尚英有诗。姜公辅、李彤、韩衢、韦悦、张勔、谢弼，皆有所建造。信公书“青原山”，其字五尺。“空庭蝃蝀”之句，又五百年矣。青原之为青原，所由来也。元有宋长者，施田葺宇，其后零落。逮万历间，陬羊寄褐栖之。惟新建之心学起于江西，而罗念庵、邹东廓、聂双江、欧阳南野诸公倡之，于此连篇酬和，照映山谷。邹忠介与郭青螺、萧伯玉、刘晋卿诸公，议改建传心堂于驼峰之阳，而以其谷还净居。属之寂公，鸠工十半，寂工寂已。考旧志，有曼殊阁、临涧阁、水阁、归云楼、詹葡轩、寝堂、雷雪亭、茅亭、龙穴亭、徘徊亭，皆唐刺史、宋元尊宿所建，今莽如山也。毗卢架空，飘摇风雨。直至笑峰大师来，重开七祖之颜，遇缘扶起，万瓦鳞次，周楹复道，四望森然，主此三年，正欲举五贤祠而新之，复圣域、祖关之旧，而又翛然去矣。愚山施公来，屹然并坊，大振传心之铎，冷灰重爆。时哉！时哉！梦笔杖人主庐山圆通时，以易衍道场，愿集大成，兼中妙叶，寂历指掌，而要以悬崖达关，享与时之消息。三世一报，托孤在兹。今青原犹庐山也，愚者适寓喷雪之轩，因纪青原而嘘嘘焉。青螺举杏荆以示人，泗山卷卷解圣谛之缚。忠介曰："江河纳百川，罔不欣受，岂作二见？然不敢随众和合，患不得人领其事耳。"愚者曰："在山水言山水可也。仁者，智者，代乎，错乎，必三番乎？不落阶级者谁乎？是在后之游者。"

待月桥是架在净居寺与阳明书院中间的一座桥，桥下溪流潺潺，夹岸古树浓密，绿荫如盖，谷地很晚才能看到月亮。诗云："临流欲问西来意，虎啸山高月出迟。"过去桥上有一亭，石柱上刻着一联："桥因月有待，名与石俱留。"小桥流水，春风夜月，凉风吹过，沁人心脾。

我没有机会领略青原山的夜月，但我可以凭着想象进入那个

待月桥

令人向往的境界。那是一个多么美好的境界啊，一个圣人站在桥上，等待心中的月亮，那是一个单纯可爱的世界，充满着爱和温馨。他在这里讲学，教人去恶存善致良知，与净居寺那些教人积德行善的圣人相差无几。可他主张入世，这与净居寺里出世的圣人有着本质不同。毕竟这个世界不能让所有人出世，果真如此，世界的末日还会远吗？可是入世痛苦烦忧，又如何拯救得了灵魂？王阳明曾经也在人海中迷茫，在痛苦中挣扎，可是当他明白生命意义和人生价值之后，他解脱了，克制欲望，抵御诱惑。痛苦也是快乐，劳累也是幸福，被打击也是成长，这样的智慧和境界让人倾慕。

一种思想成了生存智慧，这就是哲学。据说日本海军大将东乡平八郎在读过王阳明的书之后，成为日本军事史上少有的天才将领。他有一个腰牌，上书：“一生伏首拜阳明。”太不可思议了！什么样的学说如此摄人心魂？致良知学。解脱众生，也解脱自己，难怪追随者众。王门弟子胡直有一首诗《随谦之师会后记》，描述当年赴阳明书院讲会的情形：“款乃声中万古心，永和过渡忽沉吟。衡庐耕者青原会，独向溪边披此襟。”人心向善，见贤思齐，纵然舟车劳顿又安然回头？儒家的最可贵的品质，不仅为天下人提供了一个做人的标准，而且提供了一种范式，千百年来深深影响中国。

我掌握的资料中，有不少描述青原讲会的诗文。亦杏亦释，亦释亦杏，风月迷离，动人心弦。有时候，我分不清哪些是释，哪些是杏，但我看到了一个永不迷失的方向——向善。聂豹题《同中山赴会青原》诗云：“春风花柳快兹行，衣帽翻令俗眼惊。真乐何妨惟我在，斯人还只共心明。川流不舍原无意，台镜非空岂有形。好向就中重体会，莫将沂浴混闲情。”“水隈山曲共行行，川泳云飞近不惊。但识乾坤同父母，谩将昕夕看昏明。道传万古无多术，月印千江只此形。便是圣门真秘诀，良知榛塞为留情。”罗洪先《午日青原山同善山晴川东廓明水诸公燕叙》诗云：“一径穿云万木深，高崖曲槛尽萧森。同心人与兰薰对，多病身逢艾节临。自笑行踪径石滑，谁从闻性辨钟音。年来渐识窗前草，不借菩提树下阴。”另一首《丁巳秋重至青原有感》诗云：“入谷寻源久未逢，空花落尽欲谁从。凭栏此日看秋水，隔院何人扣暮钟。衰壮自怜身是幻，将迎不为病方慵。点晴且就闲来手，敢道长廊少画龙。”虔诚致良知，心灵宛若高原灵芝一般圣洁。

第三代阳明书院掌门郭子章，响亮地提出“荆杏双修”，并写下《荆杏双修引》：

杏荆双修者何？杏，杏坛也。孔子设教，植于鲁国，故世之诵法孔子者，必曰杏坛。荆，荆树也。思祖说法，植于青原，故世之传宗青原者，必曰荆亭。孔自孔，思自思，鲁自鲁，青原自青原，而曰双修者何？孔子洙泗之教，至陆子静而豫章始盛，至王阳明倡良知之传，而吾吉始盛。欧、邹二文庄，聂贞襄、罗文恭诸公，率入青原而聚讲焉。达祖西来之派，至六祖始南，至七祖思祖而吾吉始盛。上承曹溪，下开石头，实卜青原而托迹焉。则青原者，在唐则思祖开基植黄荆，至今千年不槁；在明则阳明倡道继杏坛，至今百年如存。寺曰净居，堂曰五贤，虽其门户微异，趋操少殊，而无欲无念之旨，与人为善之心，杏与荆一也，七祖与五贤一也。第久岁倾颓，势必重修。吾郡每岁九月，缙绅士子，例有一大会。予归田以来，读礼六年，万历丙辰始得随诸大夫后赴会。重九明日，太守祁公夷度自郡至，主盟讲论之暇，议及修葺。佥曰：寺殿讲堂，义应均修。与其合修之，混于一室，孰若分修之，各止其所。道之所同，水与天一，天与水齐；势之所别，水会于海，云翔于天。杏荆各树一处，春来枝叶并蕃，孰合非分，分修便且议非始于今日也。去岁，郡守御如吴公，欲葺僧庐，以居禅僧，欲复僧田，以饭行僧，有自来矣。祁公曰：“诺。惟工巨费多，势难即就。”亡几何，祁公去吉归越。临岐之际，夜分书簿，令僧寂某募缘。于是合郡士民，感仁政之累累，念临发之卷卷。五云张仲子寿长以五百金为倡，予与罗匡湖、邹四山、龙斗冲、邹南皋、周章南、萧拙修诸大夫各出少许，旬日之间，遂盈千金。顾一殿一堂，两地既分；百柱百梁，千夫共食。一手独拍，虽疾地声；一幅独入，众幅皆靡。况有其倡之，当有和者。上自贤公祖，仁父母，下及冠绅士夫、里巷齐民，皆可书，亡贵贵，亡贱贱；上自数百金、百金，中至数十金、十金，以及斗米尺布，皆可入，亡多多，亡寡寡。语曰："千人之下无绝梁，万人之聚无废功。"正今日之谓也。或谓："聪慧之夫，学佛作祖。俊秀之子，取青拾紫。何与于愚痴，何干于贫窭，奈何以金相醵？"予解之曰："不然。佛性人人自有，六祖隐猎，七祖起耕，儒书人人可读。芝草无根，醴泉无源。斯为实义，原非诳语。维桑与梓，必恭敬止。毋括襄，毋谨廪。虽曰财施，实名法施。指头出火，报君有期。"

人们能够体察郭子章的苦心，良知加菩提，善之善者也。读着他的文字，如沐浴青原飞瀑，浸泡青原温泉。实际上荆杏双修一直是青原的文化传统。方以智住持净居寺时，阳明书院早已衰微，这时施闰章出任江西布政司参议，分守湖西道，管着吉安，这两个安徽人都是学者，交往甚密，他们商议修复青原会馆。这一次荆杏合作，让阳明书院又迎来了一次生机。

曾几何时，净居寺凋敝，而阳明书院昌盛。又曾几何时，阳明书院凋敝，而净居寺香火繁盛。大地沧桑，世态多变。这说明什么呢？是致良知难，还是破心中贼难？青原无神秘，也无需神秘。山门洞开，涅槃寂静。

到青原不需要看山，只需问荆与杏。

富水流淌

七月，富水河的上游河床很瘦，水流孱弱，缓缓流向下游。站在富田桥上，向东望去，山势陡然高耸，望不见富水的源头。依然很远，可是这一次我没有时间再往东去。

处在青原东麓的大乌山汇聚莽莽大山中的涓涓溪流，把一条河流献给青原。从此这条充满灵性的河流穿越青原，在肥沃的土地上灌溉庄稼，哺育村镇。

大乌山是青原的福山，在海拔1204米的山巅，木鱼的声音从唐朝神龙元年敲到现在，而香火中的祈祷年复一年。文天祥常去那儿，还题写了“永镇江南”匾额，从南宋挂到现在。

富水河因流经富田而得名。经新圩、文陂、值夏与孤江合流，在张家渡汇入赣江。富水河很短，却流出了长长的历史。仍然还在富田桥驻足徘徊，角度正好，不忍离去。西南东北浓密树影里的街市和村庄清晰而依稀，画一样的浓淡。富田街市起自唐朝，至宋时人口数千，店铺林立。环绕街市有王、匡、文、刘、邹五大村落。南宋时王家出了进士王廷举，文家出了状元文天祥。脚下这桥原本邹公石桥，南宋时邹家儒者邹彦明耗巨资修建，石桥保存到二十世纪。斯人远去，老桥不复，新桥下一方绅士的仁义永存。

富水河上游

富水河流经芗城山下，到了道院胡铨的故乡。胡铨自称芗城山人，这与自号文山的文天祥一样，把离家不远的一座山丘命名文山，然后把这一方山水纳入心灵，装进魂魄。芗城山是富水东岸的名山，古称南华山。文天祥书写的“芗城名山”石刻匾，至今仍在寺庙大门上。富水河东有芗城山，南有紫瑶山，天马山即是紫瑶山的余脉。邹彦明在天马山辟馆舍，开半山书院，文天祥曾在此念书。两山一水，造就南宋两个巨人胡铨与文天祥，使得富水河名扬千秋。

富水两岸，古老村落星罗棋布。这里完整保留着数量可观的明清时期建造的祠堂，其中多处纳入国家级和省级文物保护。瓦面歇山形坡顶，风火马头墙，体现赣派民居建筑的独特风韵，祠堂规模有三进三栋三天井式、一进三栋一天井式、一进二栋二天井式等，不一而足。大小不同，风格迥异，却体现了一种共同的文化趋同。

富水流域祠堂建筑中一般有人形“魁”字照壁，院门或大门上方塑一个“金鸡独立”式人物，右手握笔，悬脚，目光炯炯眺望远方。这个人物就是魁星的化身。传说张果老在天马山造了一座七层宝塔，并作法念咒：“下有文笔点水，翰墨留香千秋。”每当太阳升起，塔尖的投影恰好映在富水河的深潭里。潭水黑黝如一池墨，文天祥爷爷的墓正对塔，富水人说，文天祥借助“文笔点水”的灵气才中了状元。

人称“江南第一祠”的王家大祠堂，总建筑面积3646平方米，因开基祖王经信字诚敬，冠名诚敬堂。这座始建于明中期的罕见建筑，不仅以大称雄，而且构思奇特，做工精细。天井大而有栏杆，正厅高而有穹窿状天棚，祠堂里有水池和亭台楼阁。整座祠堂共用木材2000立方米，仅杉木立柱就有88根，直径都在60厘米以

魁字照壁

匡家娘娘祠

上。正厅的两根杉木立柱直径100厘米，两人才能合抱过来。据说这些木头全部取自湖北神农架。祠堂木构件数以千计，全部用木榫连接，没有一颗铁钉。匡家娘娘祠堂有别于其他祠堂，这座祠堂既有宽敞的院子，八字形的门闾，又有大天井、参亭，祠堂主体宏大，庄严肃穆。而前栋建筑则是一座精美的娘娘梳妆楼，别有风味。青原的朋友向我介绍，匡家在明朝出了一个匡娘娘，村里感念皇家恩宠，兴建匡氏宗祠崇孝堂，加盖了朝楼。

精细的创造在一河两岸云舒慢卷。我才知道赣

“江南第一祠”王家大祠堂

江的支流上发育着如此厚重的文化。人们的创造力流淌在富水河上，而凝聚力和向心力流淌在人们心上。

走进中国历史文化名村陂下，我明显有一种兴奋的冲动。在这个200多户胡氏聚居的村落里，不但保留了200多栋明清时期的古民居，而且还有36座祠堂保留完好。胡氏宗祠敦仁堂，是一栋三进三栋二天井穿斗式建筑，石廊柱、木屋柱、抬梁、卷棚、雀替，宏大精美。祠堂曾遭太平天国军血洗，清道光年间重修时将西墉门改为朝大门。敦仁堂曾是红军学校的旧址，也是中共赣西南第一次代表大会旧址。相比敦仁堂，致中堂规模要小得多，却又不无特点。这座又名御史第的建筑，前设吊脚坊门景布局，主体呈前窄中宽后窄，稍带八卦棋盘形，有六个角，六个面，整栋房屋没有一个直角。内部梁托、木雕精巧，墙体青砖经过精密设计定做，不等边墙角精确砌筑，蓝灰割线。祠堂是灵魂的驿所，也是家族的荣耀，难怪古人花如此多的心思在祠堂建筑上。

奇特的建筑在陂下远不止一座。星聚堂除了精美，让人大开眼界的是该建筑三个座向，俗称“三折身”。坊牌正对紫瑶山第一峰，后栋正对紫瑶山第二峰。前墙左边短了九寸，右墙长出了九寸，大门正对“甫公山”。如此罕见的建筑举世无双。据说，胡迪吉是一位非常仁厚的农民，有一天，一个瘌痢突然来到他家找水喝，他给了，瘌痢喝了水要休息，他把睡椅让了，瘌痢休息好了，要饭吃，他端了，这一切做完之后，瘌痢走了。临别赠言：如果你建房，请按照我摆的椅子方向做。当时胡迪吉很穷，盖不起房，等能盖的时候只记得瘌痢摆椅子的大概方位。胡迪吉毕竟是个农民，既然如此，不如来个三折身。星聚堂建成后，他的后裔猛增，现在占了全村百分之九十，正应了“好心有好报”这古话。启正堂又名察院第，为纪念监察御史胡接辉而建。胡接

“三折身”星聚堂

察院第照壁横批“多留余地”

辉一生清廉，年老辞官回来，全部积蓄用于家族修谱修祠堂置义学，被族人尊为“察院公”。这座建筑平淡无奇，有意思的是照壁及门联留下的文字。门联：“言易招尤对朋友少说几句；书能益智劝儿孙多读数行。”照壁：“留有余地。”大白话，大实话，写给一个御史第上，这里边有着怎样的深意呢？

富水流淌，淘尽泥沙，沉淀精华，在历史的喧嚣中寻找静谧，在多彩的世界里寻找无华，在人性的角逐中寻找良知，这是一种品德，一种修为，一种境界。富水河只是版图一隅，当它扯起风帆的时候，我看到了它在大江大河的倩影，可那样的姿态依然是古风荡漾。

我是第二次去渼陂，渼陂是青原第一批被授予中国历史文化名村称号的古村，如今已是4A级景区。这个村庄或者说这个街市肇基于南宋，繁衍至今有500多户，2800多人。古村规模宏大，保留完好的明清建筑有367栋，村庄布局错落有致，房屋连绵密布，巷道纵横幽深。环绕村庄的二十八口水塘，意寓二十八星宿。很久以前，梁氏家族凭借富水河漕运便利，以及数县交界的区位优势，成功打造出一个农副产品集散地，产品销往南昌、武汉等城市。明清以后，这个家族拥有很多富商巨贾。渼陂街市现存古商铺150多家，古码头18个，古街近千米。渼陂是原中央苏区赣西革命根据地的重要基地，在这里召开过著名的“二七”会议，拍摄过电影《闪闪的红星》《决裂》，电视剧《井冈山》。从渼陂走出去的原中国人民解放军第三十八军军长梁兴初、政委梁必业，按照家族辈分应是叔侄关系，因此在军中又有“叔侄军”的雅称。入朝作战，第三十八军成功穿插三所里与龙源里，赢得战役的胜利，由此享有“万岁军”的盛誉，1955年授衔时梁氏叔侄同授中将衔。梁氏叔侄续写青原精气神。

在农家吃饭，吃农家菜，喝农家酒。青原人告诉我，富田豆腐和米酒远近闻名，豆腐鲜甜滑嫩，米酒用料很讲究，生长期越长的糯米做出的酒，不仅色黄味香，而且后劲足。封缸化糟的酒更为上乘，妙在“入口一条线”。不是工艺，而是水。富水河上游富含矿物质，矿物质含量最高的源头东固，酿不出好酒，但做出来的豆腐又白又嫩，口感极好。富水河穿山而出，到了富田矿物质含量比较适中，既能做出琥珀色醇香的米酒，又能做出比东固更鲜甜滑嫩的豆腐。中下游的新圩、陂头、值夏酿出的米酒越来越好，而豆腐的口感越来越差。

富水河神奇，在这条河上，连说话的语音差别都很大，源头东固说客家话，语音柔美动听，上游富田、新安说话硬邦邦的，像弹出的钢珠。中游新圩语音开始趋于柔软，听来就不那么刺耳。下游陂头、值夏、张家渡语音越来越柔美，听起来舒服。

此刻富水河像是在我心里流淌。

第二章 / 大地的颜色

所不虑而知者，良知也。

——《孟子•尽心上》

庐陵欧阳修

从沙溪回来，有关欧阳修的信息，在脑子里装得满满当当。欧阳修太伟大，为文压着两宋，做官高居枢密副使、参知政事。对这位九百多年前高官加巨腕的乡贤，我不知道怎样跟他对话。他若乘鹤归来，安然与我同乐？

欧阳修一生太不容易。4岁没了父亲，跟着母亲投靠叔叔欧阳晔，或许叔叔也不宽裕，因此才有“画荻教子”的故事名扬天下。求取功名，两次落榜。在国家大学（国子监）里复习才考取二甲进士。仕途中三次贬谪，第一次因支持范仲淹改革，被贬至夷陵（今湖北宜昌）做县令。第二次因庆历新政失败，被贬至滁州做知州。后改为知扬州、知颍州、知商丘。第三次被贬匪夷所思，据说是因为被人诬陷与“外甥女”张氏有染，再贬至滁州。实际上欧阳修后来还被贬过一次，只是没有去，而被皇帝安排修史。这个决定成就了一个史学大家，二十四史中欧阳修编了两史。三次被贬，定格滁州。滁州，多有灵气的地方，环滁皆山也，一篇《醉翁亭记》荡气回肠，一句“太守谓谁？庐陵欧阳修也”，千百年来温暖滋养庐陵乡亲的心。而醉翁之名，从此传播天下。

对于欧阳修，历史词条上如是注释他的一生：

欧阳修(1007—1072年)，字永叔，号醉翁、六一居士，吉州永丰县人。北宋政治家、文学家，且在政治上负有盛名。因吉州原属庐陵郡，以“庐陵欧阳修”自居。官至翰林学士、枢密副使、参知政事，谥号文忠，世称欧阳文忠公。累赠太师、楚国公。后人又将其与韩愈、柳宗元和苏轼合称“千古文章四大家”。与韩愈、柳宗元、苏轼、苏洵、苏辙、王安石、曾巩被世人称为“唐宋散文八大家”。

实际上籍贯是一个没有多大意义的概念，却被中国人所看重。个中原因，百度百科的解释是：“籍贯对于确定一位重要人物还是必要，这有助于从一个科学的背景下，客观分析历史上的个人成长、流派发展和事件起因。”这或许是中国人履历中保留“籍贯”的原因。对每一个中国人而言，心中装着籍贯，就是敬畏祖宗。当然其中也有其他的文化心理需求。

欧阳修出生四川绵阳，长于湖北随州。他一生只有两次回故乡的经历，一次是四岁随母回乡葬父，另一次是四十六岁扶着母亲的灵柩回乡葬母。两次回乡的时间都不长，故乡的记忆或许只有乡间的几间瓦房，以及旷野中的一方山水。四岁的儿童对故乡可以没有记忆，然而他与故乡却血脉相通，故乡在他的心里就永远不会迷失。泥瓦飘散的炊烟，去向家门的山路以及母亲给的糯米团，在他的心里发酵成无法释怀的乡愁。在《寄题沙溪宝锡院》一诗中，他表达了这种情愫：“为爱江西物物佳，作诗尝向北人夸。青林霜日换枫林，白水秋风吹稻花。酿酒烹鸡留醉客，鸣机织苎遍山家。野僧独得无生乐，终日焚香坐结跏。”事实上，乡愁不过是一个符号，留下乡愁，内心就不会孤独。

做故乡人，尽主人责。1044年（宋庆历四年），吉州知州李宽扩建学宫，请在朝做谏官的欧阳修作文记之，欧阳修欣然应允，写了《吉州学记》。文中写道：“学校，王政之本也。古者致治之盛衰，视其学之兴废。”希望在吉安的土地上能看到，“吉之士皆道德明秀而可为公卿，问于其俗而婚丧饮食者皆中礼节，入于其里而长幼相孝慈于其家”，浓情跃然纸上，期望萦绕乡间。

欧阳修正直刚毅，一生饱受磨难。谥号文忠，一个“忠”字盖棺定论，一篇《朋党论》可见一斑。

臣闻朋党之说，自古有之，惟幸人君辨其君子、小人而已。

大凡君子与君子以同道为朋，小人与小人以同利为朋，此自然之理也。然臣谓小人无朋，惟君子则有之，其故何哉?小人之所好者禄利也，所贪者财货也。当其同利之时，暂相党引以为朋者，伪也。及其见利而争先，或利尽而交疏，则反相贼害，虽其兄弟亲戚不能相保。故臣谓小人无朋，其暂为朋者，伪也。君子则不然，所守者道义，所行者忠信，所惜者名节。以之修身，则同道而相益；以之事国，则同心而共济，始终如一，此君子之朋也，故为人君者，但当退小人之伪朋，用君子之真朋，则天下治矣。

尧之时，小人共工、驩兜等四人为一朋，君子八元、八恺十六人为一朋。舜佐尧退四凶小人之朋，而进元、恺君子之朋，尧之天下大治。及舜自为天子，而皋、夔、稷、契等二十二人并列于朝，更相称美，更相推让，凡二十二人为一朋，而舜皆用之，天下亦大治。《书》曰："纣有臣亿万，惟亿万心；周有臣三千，惟一心。"纣之时，亿万人各异心，可谓不为朋矣，然纣以亡国。周武王之臣，三千人为一大朋，而周用以兴。后汉献帝时，尽取天下名士囚禁之，目为党人。及黄巾贼起，汉室大乱，后方悔悟，尽解党人而释之，然已无救矣。唐之晚年，渐起朋党之论。及昭宗时，尽杀朝之名士，或投之黄河，曰此辈清流，可投浊流，而唐遂亡矣。

夫前世之主，能使人人异心不为朋，莫如纣；能禁绝善人为朋，莫如汉献帝；能诛戮清流之朋，莫如唐昭宗之世：然皆乱亡其国。更相称美推让而不自疑，莫如舜之二十二臣，舜亦不疑而皆用之。然而后世不诮舜为二十二人朋党所欺，而称舜为聪明之圣者，以能辨君子与小人也。周武之世，举其国之臣三千人共为一朋，自古为朋之多且大莫如周，然周用此以兴者，善人虽多而不厌也。

嗟呼!夫兴亡治乱之迹，为人君者可以鉴矣。

我一直以为，欧阳修号醉翁，实为官场失意的自嘲。文人的儒雅以及做官的理想，似乎都在慵懒的作风中。地方长官，宽简与民，不折腾老百姓，让老百姓休养生息，而自己乐在山水之间。"醉翁之意不在酒，在乎山水之间也。"一首《渔家傲》道破天机："花底忽闻敲两桨，逡巡女伴来寻访。酒盏旋将荷叶当，莲舟荡，时时盏里生红浪。花气酒香清厮酿，花腮酒面红相向。醉倚绿阴眠一饷，惊起望，船头搁沙滩上。"醉翁非醉，独醒于世。晚年自号"六一居士"， 藏书一万卷，金石遗文一千卷，琴一张，棋一局，酒一壶，一翁老于五物之间。这个醉翁是如此亲切和可爱。

如果时空可以穿越，我愿乘鲲而去，或夷陵或滁州或颍州，候于左右，为其牵马磨墨。真要醉时，立于其间，陪着他醉卧天地。

六月沙溪的空气湿润，田野上的水稻开始出穗，禾苗还很青，禾穗继续丰满。山岚青翠，凤凰山下的泷冈静寥无声。登上满是红色山石的高岗，看到葬在这儿的欧阳修四位亲人的墓，父亲欧阳观，母亲郑氏，以及先后离他而去的两位年轻的妻子。这片坟茔让欧阳修魂牵梦萦，据说，他用了十多年的时间写就《泷冈阡表》，立在父母的墓道上。二十世纪六十年代，为免遭红卫兵破坏，欧阳修的后裔藏起了泷冈阡表石碑，后来辗转迁移至西阳宫保护起来。

泷冈阡表

呜呼！惟我皇考崇公，卜吉于泷冈之六十年，其子修始克表于其阡。非敢缓也，盖有待也。

修不幸，生四岁而孤。太夫人守节自誓，居穷，自力于衣食，以长以教俾至于成人。太夫人告之曰："汝父为吏廉，而好施与，喜宾客，其俸禄虽薄，常不使有余，曰：'毋以是为我累。'故其亡也，无一瓦之覆，一垅之植以庇而为生。吾何恃而能自守邪？吾于汝父，知其一二，以有待于汝也。自吾为汝家妇，不及事吾姑；然知汝父之能养也；汝孤而幼，吾不能知汝之必有立；然知汝父之必将有后也。吾之始归也，汝父免于母丧方逾年，岁时祭祀，则必涕泣曰：'祭而丰不如养之薄也。'间御酒食，则又涕泣曰：'昔常不足而今有余，其何及也！'吾始一二见之，以为新免于丧适然耳。既而其后常然，至其终身未尝不然。吾虽不及事姑，而以此知汝父之能养也。汝父为吏，尝夜烛治官书，屡废而叹。吾问之，则曰：'此死狱也，我求其生不得尔。'吾曰：'生可求乎？'曰：'求其生而不得，则死者与我皆无恨也；矧求而有得邪？以其有得，则知不求而死者有恨也。夫常求其生犹失之死，而世常求其死也。'回顾乳者抱汝而立于旁，因指而叹，曰：'术者谓我岁行在戌将死，使其言然，吾不及见儿之立也，后当以我语告之。'其平居教他子弟，常用此语，吾耳熟焉，故能详也。其施于外事，吾不能知；其居于家无所矜饰，而所为如此，是真发于中者邪。呜呼！其心厚于仁者邪，此吾知汝父之必将有后也。汝其勉之！夫养不必丰，要于孝；利虽不得博于物，要其心之厚于仁。吾不能教汝，此汝父之志也。"修泣而志之，不敢忘。

先公少孤力学，咸平三年进士及第，为道州判官，泗、绵二州推官，又为泰州判官。享年五十有九，葬沙溪之泷冈。太夫人姓郑氏，考讳德仪，世为江南名族。太夫人恭俭仁爱而有礼，初封福昌县太君，进封乐安、安康、彭城三郡太君。自其家少微时，治其家以俭约，其后常不使过之，曰：“吾儿不能苟合于世，俭薄所以居患难也。”其后修贬夷陵，太夫人言笑自若，曰：“汝家故贫贱也，吾处之有素矣。汝能安之，吾亦安矣。”

自先公之亡二十年，修始得禄而养。又十有二年，列官于朝，始得赠封其亲。又十年，修为龙图阁直学士，尚书吏部郎中，留守南京，太夫人以疾终于官舍，享年七十有二。又八年，修以非才，入副枢密，遂参政事。又七年而罢。自登二府，天子推恩，褒其三世，故自嘉祐以来，逢国大庆，必加宠锡。皇曾祖府君累赠金紫光禄大夫、太师、中书令；曾祖妣累封楚国太夫人。皇祖府君累赠金紫光禄大夫、太师、中书令兼尚书令，祖妣累封吴国太夫人。皇考崇公累赠金紫光禄大夫、太师、中书令兼尚书令。皇妣累封越国太夫人。今上初郊，皇考赐爵为崇国公，太夫人进号魏国。

于是，小子修泣而言曰：“呜呼！为善无不报，而迟速有时，此理之常也。惟我祖考，积善成德，宜享其隆，虽不克有于其躬，而赐爵受封，显荣褒大，实有三朝之锡命，是足以表见于后世，而庇赖其子孙矣。”乃列其世谱，具刻于碑，既又载我皇考崇公之遗训，太夫人之所以教而有待于修者，并揭于阡，俾知夫小子修之德薄能鲜，遭时窃位，而幸全大节不辱其先者，其来有自。

熙宁三年，岁次庚戌四月辛酉朔十有五日乙亥，男推诚保德崇仁翊戴功臣，观文殿学士、特进、行兵部尚书、知青州军州事兼管内劝农使，充京东东路安抚使、上柱国、乐安郡开国公，食邑四千三百户，食实封一千二百户，修表。

树影里的西阳宫是一幢两层的砖瓦建筑，古朴雅致。这儿原是一所道观，因避其父名讳，改称西阳宫。据说早年西阳宫周围还有“文忠公祠堂”、“画荻楼”、“泷冈书院”等建筑，现在这些建筑都看不到了。在西阳宫内唯一让人难忘的是这件国宝级文物，墨绿色的石碑上镌刻着欧阳修泣血凝结的文字。欧阳修说“平生所作文章，多半在三上（马上、枕上、厕上）”。实际上对于欧阳修这样的大文豪，写一篇千字文怎么可能需要十多年的时间？果真如此，岂不辜负了“六一风神”的雅称？他在等待，等待生命中最耀眼的曙光。当这个曙光出现之后，《泷冈阡表》就会一气呵成。

《泷冈阡表》被誉为中国古代三大祭文之一，我每次细读，我都能感受一个儿子对父母的无限追思，以及一个儿子对于父母的告慰。还有什么比一个儿子的成就更能告慰父母的吗？公元1058年（宋嘉祐三年），欧阳修以翰林学士兼龙图阁学士权知开封府；公元1060年（宋嘉祐五年），拜枢密副使；公元1061年（宋嘉祐六年），任参知政事。功成名就，他想告老还乡，可皇帝不允，这块墨绿色的碑文只能请人运回沙溪老家。

抚摸这块碑石，我仿佛触摸到伟人的平常心。光宗耀祖与荣归故里是中国最光艳的文化传统，这个传统是中国社会追求进步的内生动力。

有一种死是另一种生

过去我一直以为，宋代自北宋灭亡之后的历史不忍卒读，现在我改变了看法。正如悲剧把美撕碎，在这些血淋淋的碎片里，美与丑、善与恶、正义与不义、英雄与国贼一同登场，令人扼腕，令人震撼。

历史的烟云如乡间的炊烟，我能看到它袅袅升起的姿态，却看不到它隐匿在虚无飘渺的云间。显形与遁形都是历史，只不过人们无法准确还原历史，更无法真切感受历史的痛。

时序迁流、万物兴替、爱恨交织情来揉捏。一声叹息，就是一段伤心的往事，几声蛙鸣，就是一段风月闲情。多美宋词，流畅、凄婉、缠绵、豪迈，宋人的情感丰沛而细腻，柔软而绵长，真实而可爱，在长长短短的韵律中延伸，延伸到人的骨血和灵魂。宋代文学是登峰造极的一代，或许是因为那个时代最初的可爱，以及最后的苦难和哀怨。

历史书很厚，平常人只能选择性阅读，可我们身边的历史你懂得多少？如果我们错过了身边的历史，就失去了传承地方文化的机会，这是多么大的遗憾和不幸。

在湴塘，我去拜谒杨邦乂的衣冠冢，这个墓堆虽不如他的同宗、比他小两辈的杨万里墓气象宏阔，但他的族人按照地方风俗，忘不了清明祭扫，冬至挂纸。近前祭拜，看到碑前的香钵插满了没有燃尽的香。尽管这个小人物的魂灵被永远地留在了南京，但我的心里仍然感到一丝欣慰。

杨邦乂虽是进士出身，可他不像杨万里留下万千诗作，也不如庐陵其他高官地位显赫。杨邦乂性格刚烈，他名字中的“乂”音义，意思是安定太平。父母生养他，似乎要为报国而活，最后成为舍生取义的文化符号，永远留在民族的心灵。

仿佛上苍刻意造就英雄，杨邦乂考中进士后，一直默默无闻地在地方做官，历任婺源县尉，蕲州、庐州、建康三郡教授，溧阳知县，在县的层面折腾了十多年。突然有一天好运降临，做上建康府通判（相当于地级市行政长官副职），可他运气实在不佳，九月上任，十月金兵取建康。建康留守杜充向金国投降，建康城里再无军队，生死攸关的时刻，杨邦乂选择了死。

这一天，户部尚书李棁、沿江都置使陈邦光献城出降，率官属至建康城外十里亭拜见完颜宗弼。这一天，杨邦乂拒不出城，在他的书房里咬破手指，写下血书：“宁作赵氏鬼，不为他邦臣。”之后，他就在自己的书房等待生命的最后时刻，等待那个以死捍卫国家尊严的时刻。

以一人之力作怎样的反抗都毫无意义。被俘了，身体可以束缚，但嘴巴可以说话。他大骂金人，若以夷敌而图中原，简直痴心妄想，我恨不磔汝万段。金兀朮大怒，呵斥他安的什么心？杨邦乂答，我安的是爱国的铁心。金兀朮展开劝降行动，先是对杨邦乂封官许愿，杨邦乂说，你听说世上有不怕死而可以用利惑动的吗？金兀朮派杨邦乂的部下去劝说，你的儿子还年幼，女儿也没有出嫁，你如不降金，岂不枉送了一家人的性命？眼下局势再清楚不过，你们的皇上跑了，大将不抵抗，你一小臣，投降又不失体面。杨邦乂说，儿女之情谁都有，然我堂堂大宋虽暂受凌辱，可人心岂可战胜？说完用头撞击柱子下的石礅，顿时鲜血直流，只求速死。

第二天，完颜宗弼等人与李棁、陈邦光在堂庭上举行宴会，把杨邦乂押到庭中，杨邦乂呵斥李、陈二人，天子用你们守城池，敌人来了，你们不抵抗，现在还与敌人一起宴饮，你们的尊严何在？脸面何在？金人用纸写了死活二字示与杨邦乂，说你不要再说什么了，想死想活随便抽一张吧。杨邦乂不假思索要了死字。遥望完颜宗弼，杨邦乂发出了最后的怒吼，小小女真图谋我大中原，上天岂会帮助你们，你们不会有好下场。完颜宗弼终于失去了耐心，杀了杨邦乂还不解恨，命人剖腹取心，场面惨不忍睹。

北宋无可挽回地灭亡了。亡得没有气节。然而恰恰杨邦乂这个小人物为北宋添了悲壮的一笔，他以他的壮烈为北宋这个多情的朝代注入了一点血性，为北宋这个朝廷添加了一点荣光，也为天下人彰显了良知。

南宋高宗时代，高宗下令在杨邦乂遇难的雨花台举行隆重的国葬，并在雨花台建了“褒忠庙”，祠前竖有神道碑和剖心处碑，供世人瞻仰。高宗并不糊涂，匡扶社稷，没有杨邦乂这等的人物岂可？但高宗怯懦，终其一生没有勇气面对破碎的江山。明朝朱元璋建都南京，率刘基等大臣巡视雨花台，题额：“天地正气，古今一人，至死不降，铁石忠心。国家标准，振后光前。宜加尔封，庙食万年。”国家需要忠烈，民族需要英雄。这是民族之根，国家之魂。

著名作家叶兆言在《历史与人文的南京》中写过这样一段话：越是用血写成的历史，越容易让人记忆深刻。南京的每一处古迹，均带着浓厚的人文色彩，凭吊任何一个遗址，都意味与沉重的历史对话。我不知道怎样跟历史对话，我的内心充满矛盾，鄙视与崇高的情愫都在心灵的天平上，失衡的心灵无法承受倾斜的痛苦。

2014年12月，因为去南京公干，我抽空专程前往雨花台，虔诚拜谒庐陵先贤杨邦乂墓。他的墓碑上写着：杨忠襄公剖心处。石碑两边刻着他生前写的血书：宁作赵氏鬼，不为他邦臣。站在雨花台下，凛冽的寒风吹打在我的面颊，可我内心的热血奔涌，没有一丝寒意。

据说当时南京百姓盛传，金兀术将他五花大绑，拔出刀挖他的心，谁知真的蹦出了一颗铁心。金兀术吓得变了脸色，但仍赞叹杨邦乂侠肝义胆，他下令造了一座亭子样的轿子，把铁心放在里头，让两个士兵抬着周游兵营，叫士兵学习这骨气和肝胆。他们从雨花台走到花神庙，再往前走，遇到一条小河，铁心自动飞入河中，士兵慌忙下水去找，再也寻不着了。金兀术下令在此建了一座桥，名为铁心桥。这就是南京地名铁心桥的来历。

其实，杨邦乂一生很简单，我把他的简历摘录如下：

杨邦乂(1085—1129年)，字希稷，江西省吉水县黄桥乡云庄村人。北宋政和五年(1115年)，以舍选登进士第。先后任歙州婺源县尉，蕲州学教授。授宣教郎、建康府溧阳县知县。建炎三年(1129年)九月，除通判建康军提领沿江措置使司等职。建炎三年(1129年)，金兵取建康，邦乂不降，血书“宁作赵氏鬼，不为他邦臣”，完颜宗弼命人剖腹取心。

从1085年出生，到1129年死亡，杨邦乂的生命何其短暂。从1115年（宋政和五年）进士第，到1129年（宋建炎三年）英勇就义，杨邦乂为北宋朝廷工作了十四年。他死了，获得了忠襄的谥号。襄者，解衣为耕。种子播下了，就会在土地上发芽。

有一种死是另一种生。

斜风细雨也须归

1138年（宋绍兴八年）11月，青原人胡铨走到了风口浪尖，这个夜晚注定要成为历史定格的瞬间。

夜已深，胡铨伏案疾书。一幕又一幕灰暗的历史记忆浮现在他眼前。

1127年，金人掳去徽、钦二帝，北宋灭亡。赵构逃到浙江建立南宋小朝廷，改年号建炎，是为宋高宗。自此议和与主战的声音伴随南宋灭亡。1128年（宋建炎二年）南宋开科取士，胡铨应试，这个愤青居然直指朝廷痛处，在文中写下："不应听命于天，而要听命于民，选择贤良，体恤民众，匡扶社稷。"或许痛苦中的南宋朝廷没有太多禁忌，居然录取了这个愤青。十年来，胡铨在官场经历了太多，在抚州军事判官任上，金人渡江南下，胡铨募乡丁助官军捍御。这需要很大的勇气和号召力。1137年，因在金国的宋徽宗逝世，国恨的火苗在南宋的心灵点燃。然而，在缺钙的南宋朝廷，议和的声音仍然占上风。王伦出使金国议和，带回和的条件：高宗脱下皇袍，跪接金国国书，每年朝奉银子五万两。如此丧权辱国，汉奸国贼秦桧竟然说服皇上答应了。编修官胡铨岂能罢休？决定给皇帝上书。

这个夜晚，一篇檄文《戊午上高宗封事》，在这个富有正义感和斗争精神的名儒笔下一气呵成。这是怎样的一篇檄文？我怀着浓厚的兴趣查阅了这篇文章。仔细研读这篇檄文，酣畅淋漓，骂死秦桧，快哉！文章从宫里传出，一个叫吴师古的进士立即刻版印刷，吏民争相传诵，一时“洛阳纸贵”。

《戊午上高宗封事》全文如下：

绍兴八年十一月日，右通直郎枢密院编修臣胡铨，谨斋沐裁书，昧死百拜，献于皇帝陛下。

臣谨按：王伦本一狎邪小人，市井无赖，顷缘宰相无识，遂举以使虏。专务诈诞，斯罔天听，骤得美官，天下之人切齿唾骂。今者无故诱致虏使，以诏谕江南为名，是欲臣妾我也，是欲刘豫我也！刘豫臣事丑虏，南面称王，自以为子孙帝王万世不拔之业，一旦豺狼改虑，捽而缚之，父子为虏。商鉴不远，而伦又欲陛下效之。夫天下者，祖宗之天下也，陛下所居之位，祖宗之位也。奈何以祖宗之天下为金虏之天下，以祖宗之位为金虏藩臣之位！陛下一屈膝，则祖宗庙社之灵尽污夷狄，祖宗数百年之赤子尽为左衽，朝廷宰执尽为陪臣，天下之士大夫皆当裂冠毁冕，变为胡服，异时豺狼无厌之求，安知不加我以无礼如刘豫也哉！夫三尺童子，至无识也，指犬豕而使之拜，则怫然怒；今丑虏则犬豕也，堂堂大国，相率而拜犬豕，曾童孺之所羞，而陛下忍为之邪？

伦之议乃曰：“我一屈膝，则梓宫可还，太后可复，渊圣可归，中原可得。”呜呼！自变故以来，主和议者，谁不以此说啖陛下哉？然而卒无一验，则虏之情伪已可知矣。而陛下尚不觉悟，竭民膏血而不恤，忘国大仇而不报，含垢忍耻，举天下而臣之甘心焉。就令虏决可和，尽如伦议，天下后世谓陛下何如主？况丑虏变诈百出，而伦又以奸邪济之，则梓宫决不可还，太后决不可复，渊圣决不可归，中原决不可得。而此膝一屈，不可复伸，国势陵夷，不可复振，可为痛哭流涕长太息矣。

向者陛下间关海道，危如累卵，当时尚不忍北面臣敌，况今国势稍张，诸将尽锐，士卒思奋。只如顷者敌势陆梁，伪豫入寇，固尝败之于襄阳，败之于淮上，败之于涡口，败之于淮阴，较之往时蹈海之危，固已万万。傥不得已而至于用兵，则我岂遽出虏人下哉？今无故而反臣之，欲屈万乘之尊，下穹庐之拜，三军之士不战而气已索，此鲁仲连所以义不帝秦，非惜夫帝秦之虚名，惜夫天下大势有所不可也。今内而百官，外而军民，万口一谈，皆欲食伦之肉。谤议汹汹，陛下不闻，正恐一旦变作，祸且不测。臣窃谓不斩王伦，国之存亡未可知也。

虽然，伦不足道也，秦桧以心腹大臣而亦为之。陛下有尧、舜之资，桧不能致陛下如唐、虞，而欲导陛下为石晋。近者礼部侍郎曾开等引古谊以折之，桧乃厉声责曰："侍郎知故事，我独不知！"则桧之遂非愎谏，已自可见。而乃建白，令台谏侍臣佥议可否，是盖畏天下议己，而令台谏侍臣共分谤耳。有识之士，皆以为朝廷无人，吁，可惜哉！孔子曰："微管仲，吾其被发左衽矣。"夫管仲，霸者之佐耳，尚能变左衽之区而为衣裳之会。秦桧，大国之相也，反驱衣冠之俗而为左衽之乡。则桧也不唯陛下之罪人，实管仲之罪人矣。孙近傅会桧议，遂得参知政事。天下望治有如饥渴，而近伴食中书，漫不敢可否事。桧曰敌可议和，近亦曰可和；桧曰天子当拜，近亦曰当拜。臣尝至政事堂，三发问而近不答，但曰"已令台谏侍从议矣"。呜呼！参赞大政徒取容充位如此，有如虏骑长驱，尚能折冲御侮耶？臣窃谓秦桧、孙近亦可斩也。

臣备员枢属，义不与桧等共戴天。区区之心，愿断三人头，竿之藁街。然后羁留虏使，责以无礼，徐兴问罪之师，则三军之士不战而气自倍。不然，臣有赴东海而死尔，宁能处小朝廷求活邪！小臣狂妄，冒渎天威，甘俟斧钺，不胜陨越之至！

这一年胡铨三十六岁。应该说这个年龄心智成熟，他应该明白上书的后果。但他还是做了。因为正义和良知。可正是因为这篇文章，给胡铨带来了无尽的苦难，从此他拖家带口开始了长达二十三年的流放生涯。

流放就是被官场抛弃，对一个官员意味着政治生命的结束。虽说天高皇帝远，但是流放的日子并不自由，严格地说，应是监视居住，有些事不能做，如果做了，肯定要受到严厉的制裁。

1138年冬天，胡铨流放到广西昭州。1142年（宋绍兴十二年），精忠报国的岳飞被秦桧迫害致死，朝廷正义的声音再起，官员们拿起胡铨说事，高宗动了恻隐之心，将胡铨改流放福建。因主战被谪原籍的张元干，为胡铨填了一首词《贺新郎》：

梦绕神州路。怅秋风，连营画角，故宫离黍。底事昆仑倾砥柱。九地黄流乱注。聚万落千村狐兔。天意从来高难问，况人情老易悲如许。更南浦，送君去。

凉生岸柳催残暑。耿斜河，疏星淡月，断云微度。万里江山知何处？回首对床夜话。雁不到，书成谁与？目尽青天怀今古，肯儿曹恩怨相尔汝。举大白，听金缕。

秦桧得知，张元干被削籍下狱。胡铨在福建屁股还没有坐热，又从福建押送至新州（广东新兴县）。同乡王廷珪写诗相送：“大厦原非一木支，欲将独力柱倾危。痴儿不了官中事，男子要为天下奇。当日奸谀皆胆落，平生忠义只心知。端能饱吃新州饭，在此江山足扶持。”这首诗很快传到秦桧的耳朵里，王廷珪立即被流放辰州（湖南沅陵）。

胡铨流放新州多年，得知李光、赵鼎一同贬到海南，大厦将倾，胡铨含愤写下《好事近》：

富贵本无心，何事故乡轻别。空使猿惊鹤怨，误薜萝风月。囊锥刚要出头来，不道甚时节。欲驾巾车归去，有豺狼当辙。

这一年胡铨四十七岁，与三十六岁时上书高宗时的气节无异。新州郡守张棣将此词上缴朝廷后，胡铨再一次被流放到吉阳军（今海南三亚）。从此胡铨在天涯海角隔世孤活了十年。在海南，胡铨办书院，访民情，传播中原文化，留下很多佳话，海南人建起“澹庵祠”、“澹庵书院”、“澹庵井”纪念他。在海口，有一座“五公祠”，纪念唐宋两代被贬谪到此的李德裕、胡铨、李纲、赵鼎、李光。八百年来五公祠香火鼎盛，无数人驻足于此，凭吊五位爱国的官员。

赵鼎，一位力主抗金的志士，自书墓石：“身骑箕尾归天上，气作山河壮本朝。”绝食而死。胡铨得到消息，仰天长叹：“我心伤悲，莫知我哀。”一首《鹧鸪天》写尽流放天涯的叹息，振兴南荒的啸吟，斩恶未全的憾恨，归赴朝堂期望。

梦绕松江属玉飞。秋风荻美更鲈肥。不因入海求诗句，万里投荒亦岂宜。

青箬笠，绿荷衣。斜风细雨也须归。崖州险似风波海，海里风波有定时。

1162年（宋绍兴三十二年）宋孝宗即位，下令接胡铨回京师，任命他为饶州知州，旋即召回临安，问计于他，并在宫中宴请胡铨。皇帝的信任，似乎给了胡铨一个信号，让他欣喜万分。在他的心里似乎觉得自己抗金的理想就要实现了。从1138年至此时，胡铨已经被流放二十三年。

在朝言抗金。流放言抗金。归来仍言抗金。久将忠义私心许，要使奸雄怯胆寒。垂垂老矣，胡铨有幸回朝，人们发现，他那颗久被流放的心灵竟是如此高洁。

可是胡铨还是错了。

淳熙年间，胡铨见孝宗倒向主和派，自觉无力扭转乾坤，他老了，没有力气了。1179年（宋淳熙六年），78岁的胡铨终于获准以资政殿学士的身份退休。

胡铨(1102—1180年)，字邦衡，号澹庵，今江西省青原区值夏镇人，南宋政治家、文学家，爱国名臣，庐陵“五忠一节”之一，与李纲、赵鼎、李光并称为“南宋四名臣”。高宗建炎二年(1128年)，胡铨登进士第。初授抚州军事判官，金人渡江南下，胡铨募乡丁助官军捍御。后除枢密院编修官。绍兴八年(1138年)，秦桧主和，胡铨抗疏力斥，乞斩秦桧与参政孙近、使臣王伦，声振朝野。但遭除名，编管昭州，移谪吉阳军。秦桧死，移衡州。宋孝宗即位，复奉议郎，知饶州。历国史院编修官、兵部侍郎，以资政殿学士致仕。淳熙七年(1180年)卒，赠通议大夫，谥忠简。有《澹庵集》等。

回到家乡，胡铨在青原山搭起一座木屋，自耕自给，写下了《青原山买田疏引》：

厨乏芳餐，多误食时。持钵生有菜色，率当斋后闻钟。何曾螺化为炊，动辄鱼生于釜。敢垂涎于白粲，徒梦寐于黄粱。念一饱之无时，遍十方而请命。要托心地，广开福田。倘种得之弗深，则为仁而不熟。惟诸檀越，发大慈悲。少不嫌贫女一线，多勿吝给孤广布。我欲深耕易耨，令居者有积仓；剃莽披蓁，使世间无寸草。一视青原界，尽为白望庄。稻有獐牙，黍多燕颔。饱少陵翻匙之雪，餐涪翁乱眼之云。必有当仁办兹事：一犁春雨，且剩买坝里黑牡丹；万顷良田，不易吃饭中铁菱角。

1180年5月，胡铨在弥留之际，仍口授遗表，孜孜期望孝宗舍己为人，安民和众，牢记国恨，收复失地，就在忠君爱民，杀敌报国的嘱咐声中，胡铨溘然辞世。孝宗感念其一生拳拳爱国之心，给了他一个谥号：忠简。简者，清心寡欲，心底无私，国家至上。

胡铨是一个有良知的人，终其一生矢志不渝做一件事，哪怕头破血流都不回头，这就是信仰。这信仰是大仁、大义、大忠、大爱，这信仰在庐陵的历史时空中飘荡。

窑火流韵

永和吉州窑博物馆落成后，我去参观过一次。展厅内，吉州窑历史、吉州窑瓷器以及工艺特点等展示都非常详尽。而且展示技术先进，看过之后让人流连忘返。遗憾的是永和无窑，无缘再睹黑釉瓷木叶纹烧制技艺。据说吉州窑窑工有一部分跟随文天祥抗元，元灭南宋后，对吉州窑进行报复，剩下的窑工都逃去了景德镇，从此吉州窑销声匿迹。自晚唐至南宋，吉州窑大约兴盛了三百来年，永和镇因此在两宋极其繁华。百里窑场照亮永和，马车卷起尘土飞扬，船只往来赣江不断，赣江边的永和热闹非凡。

有关吉州窑的记忆模糊，但是吉州窑的瓷器跨江过海，很多地方很多人都有吉州窑的藏品。2009年，我在台北故宫博物院看到过吉州窑生产的黑釉木叶纹瓷碗。釉色近乎黑色，口沿流釉薄处微赭，形成深浓浅淡的色阶差别，艺术效果别致。碗内内壁上贴的一张树叶，经高温一次烧制而成，树叶真实自然，画面简单朴素。二十世纪对吉州窑的考古发掘取得进展，从废弃的窑中发现了林林总总的瓷器，拼接历史碎片，人们看到永和曾经宏大的气象。埋没在历史烟雨中的永和，依稀走进人们的视野。沙盘上的古永和，交易区、作坊区、居住区、街市区、娱乐区布局合理，功能完备。

位于永和镇的吉州窑博物馆

北宋灭亡这一年，永和镇上出生了一个婴儿，这个婴儿后来成长为南宋名相。永和人告诉我，周必大考中进士前一直生活在永和街上。我想寻找周必大曾经居住过的地方，但古永和早已面目全非，随着吉州窑的衰败，永和凋敝，谁也不知道周必大住过的宅子在什么地方。有关周必大对故乡的记忆，我寻得他的两首诗，一首是《夜直怀永和兄弟》，诗云：“玉堂清冷夜初长，风雨萧萧忆对床。徼道传呼钟鼓密，梦魂那得到君旁。”另一首是《行舟忆永和兄弟》，诗云：“一挂吴帆不计程，几回系缆几回行。开寒有日云犹冻，江阔无风浪自生。数点家山常在眼，一声寒雁正关情。长年忽得南来鲤，恐有音书作急烹。”这其中并无窑火的记忆。但是我想生活在用火的永和，周必大的心里一定装着故乡的窑火。或许他的心里始终有着窑火的情结。

周必大身材高大而清瘦，如野鹤一般，是个大帅哥。这种长

相的人仙风道骨，据说宋高宗第一眼看到他，说过“此人乃我朝之福”的话。皇上这么说，刚入仕的年轻人定是心花怒放。况且周必大还有一手绝活，公文写得好。同样的意思，出自周必大的手笔，听起来便十分顺耳，高宗非常赏识。到了孝宗时，周必大长期工作在皇上身边，升迁的机会自然很多。

跟欧阳修一样，周必大死后谥号文忠，但他远比欧阳修幸运，顺风顺水走上了宰相的高位。要知道在南宋政治生态中，做一个正直的人一般难有善终。而周必大做到了。他安全着陆回到老家，在吉安城里建了一处宅子，谓之“平园”，自题诗云：“半亩园林数尺堂，凡花疏竹小池塘。平泉绿野休相笔，事业功名合自量。”在老家赋闲，他倡建“三忠祠”，祭祀乡贤文忠欧阳修、忠襄杨邦乂、忠简胡铨。此三人以文章节义并重而名，欧阳修为一代冠冕；杨邦乂国难当头，戟手骂贼，视死如归；胡铨上书反议和反投降，名震天下。在《三忠堂记》记文中，周必大说："文章，天下之公器，万世不可得而私也；节义，天下之大闲，万世不可得而逾也。"文章节义从此成为衡量庐陵人物的标准，后学向这一标准看齐，成为风尚。这件事做完之后，周必大全身心投入刻版印刷。自毕昇发明活字印刷术以来，至此时已经过了百余年，但这项天才的发明还没有得到应用。1195 年（宋庆元元年），周必大首选《欧阳文忠公集》，次年周必大刻本《欧阳文忠公集》153 卷问世。从此《欧阳文忠公集》有了定本，后人历代翻刻、整理欧阳修文集，都依据周必大刊本。《文苑英华》是北宋时期编纂的著名四大类书之一，周必大组织刻印《文苑英华》1000 卷，从 1201 年（宋嘉泰元年）开始，耗时四载，这部浩瀚巨著终于在吉安刻印完毕。竣工这年，周必大逝世，享年七十九岁。作为运用活字印刷术第一人，周必大的贡献铭刻在北京中华世纪的青铜甬道上。

周必大(1126—1204年)，字子充，一字洪道，自号平园老叟，今江西省吉安县永和镇周家村人。绍兴二十一年(1151年)进士及第。绍兴二十七年(1157年)，举博学宏词科。曾多次在地方任职，官至吏部尚书、枢密使、左丞相，封许国公。庆元元年，以观文殿大学士、益国公致仕。嘉泰四年(1204年)，卒于庐陵，赠太师。开禧三年(1207年)，赐谥文忠，宁宗亲书"忠文耆德之碑"。周必大工文词，为南宋文坛盟主。与陆游、范成大、杨万里等都有很深的交情。著有《省斋文稿》、《平园集》等80余种，共200卷。

周必大正直忠耿，作风稳健持重。在抗金的问题上主张“由经远之计，不可纷更欲速”。在南宋的朝堂上从来都不乏嚷嚷着抗金雪耻的愣头青，这些人不是被流放，就是被下狱，甚至被杀头。周必大的理智为许多人所不理解。朱熹评他，现时需要下大气承汤（药性猛的泻药），孝宗却下四君子汤（药性柔）。按照朱熹的说法，周必大应该是一个很温和的人。可是在周必大的心里，始终充满着雪耻的豪情，他在诗中说，“收取关河报明主，云台烟阁伫奇勋”，“闻道宵衣劳圣主，有时夜舞忆神州”。他任宰相，做了三件事，第一件是整军肃纪，亲自起草《诸军点试法》条文，对懈怠者、拉不开弓者、贪污军饷者，该开的开，该撤的撤，该杀的杀，表现出强势手腕。第二件是治吏，广纳人才。第三件是发展经济，以商促农，关心百姓。四川闹饥荒的时候，百姓闹事，那时他侍奉皇上讲经，皇上向他问计，他建议说，蜀地长期困顿，陛下应颁诏对他们安抚劝谕，宽限租赋，这样蜀地就能安定。这三件事做下来，有着中兴理想的皇帝，眼前似乎惊现雪耻的曙光。

周必大是掌握火候的高手，仿佛是一个看火的窑工，从封窑的那一刻起，专注于火的运用，在一次次淬火中锻造色彩斑斓的陶瓷。据说烧窑至关重要的是对炉内温度和火焰气氛的把握，低温阶段排除坯体内的机械水和结晶水，高温阶段形成液相与固相熔融的石晶钵，从而形成陶瓷。火焰气氛影响白瓷的成色，氧化气氛产生于完全燃烧的火焰，还原气氛产生于不完全燃烧的火焰，火焰性质不适合易产生污点，氧化时间不足易起泡，对火的精到运用，瓷器才显得更白或白里泛青，惹人喜爱。

从小看惯故乡的窑火，周必大懂得淬火的意义，火力不足瓷器容易变形，要制成一件好的瓷器，就必须在火的洗礼中涅槃。孝宗即位后，周必大做起居郎，跟随皇上左右，按照时下的做派，老板说什么照着做就好，没有必要拧着来。可在用人的问题上周必大非要拧着来。孝宗用了两个官员，这两人被众多大臣弹劾，孝宗不理这茬，诏命照下。于是，周必大拒绝起草诏书。他上奏说，陛下对官员想罢就罢，想贬就贬，想用就用，大臣们不服。孝宗生气了，说你算老几？不过是一个为朕鼓扇之人，怎么敢违抗命令？周必大不顾不管，试图说服孝宗，孝宗看他态度坚决，对他说，我知道你忠贞事国，不搞朋党，诏命已下岂容更改？这一次，周必大把自己兼任的给事中给辞了。后来孝宗又把一个贵戚安排到枢密院任职，周必大故伎重演，上奏皇上说，贵戚干政，于公于私都是缺失，臣不敢起草诏书。这回孝宗发火了，罢了周必大的官，让他到地方去。好在没过多久，孝宗召他回京，对他说，你不迎合别人，也无所依附，这正是我所器重的。一代名相就这样炼成了。正如一件好的瓷器出炉了。

窑火流韵，千年不朽。人类懂得用火烧制陶瓷，也感悟到淬火锻造人的心性和良知。走在永和的任何一条小路上，我仿佛都能感受到一种文化的驱使，可惜我在永和待的时间太短，对这位传奇人物内心世界领悟不深。但是我坚信，周必大是一位坦荡的君子。

永不回头

从文家去文山的路不长，我们却走了很久。似有马蹄在后，返身而望，空野无人；似有诗吟嬉笑，侧耳静听，风过摇竹。文山很灵，有仙住过。普通一山丘，哪有万松山、天图画、六月雪、白石青崖和银湾？仁者乐山，心里有，眼睛里就能看出诗画。群游至此，月上树梢，乐而忘返。文山过去还有一山，形同天马，两头高，中间凹。马首真君阁，香火绵延；马鞍天池，纵然山下之井枯竭，天池之泉照涌。住文山宿真君阁，胸怀江山。

据说文天祥三十岁归乡开辟文山，并在此建有木屋，此后每每失意皆居于此。文天祥状元出身，起点高，长得帅，《宋史·文天祥传》描述："长眉而秀目，顾盼烨然。"藉此，如果生在中兴时代，文天祥定有一番大作为。可他运气实在不好，刚被宋理宗点了状元，没过几天，陪他兄弟俩赴京赶考的老爹死在了客舍。按照礼制文天祥得先回家守孝，再回朝授官。三年后，文天祥得到朝廷给他的初授官，恰在此时，宦官董宋臣鼓噪迁都避敌，文天祥上书皇上制止迁都动议，并放言斩首董宋臣。奏折被扣下，还没当上官，文天祥又回到家乡。过了几年，文天祥到刑部供职，兼为皇子授课，此时董太监复职，还成了他的顶头上司。文天祥这回做得更绝，他上书讽喻皇上，"陛下傥察及此，则亦何爱于此一人而闭惜英断，以重违天下之心哉！”奏折同样没有到皇上手上，不然，恐怕就不是打发去高安当知县的结果。过了两年，似乎出现转机，文天祥做上了江西提刑，可是二月才被任命，四月就被诬罢官。正是而立之年，文天祥归隐文山。

和一个太监较劲，几乎蹉跎了他十年。1270年（宋咸淳六年），文天祥归隐五年之后重回京城，权直学士院。开始和贵戚贾似道较劲，结果又被罢官。闲居几年后，到1273年（宋咸淳九年）任湖南提刑。1275年（宋德祐元年）文天祥已经到了不惑之年，在赣州知府任上，他接到勤王诏书。这一年成为他人生的转折点。

文天祥前二十年两次罢官，在老家归隐的时间比在朝为官的时间还长，而且官阶也不高，到他接到勤王诏书的时候只不过是一个知府。皇恩于他似乎总是那么遥远。现在皇上有难，国家有难，文天祥会怎么做？似乎无需考虑，起兵勤王。他是文官，手里没兵啊，那就招兵买马。可是钱呢？那就变卖家产。这样的思想逻辑，这样的行事风格，官做到这份上已经很优秀了。

立于文山，富水蜿蜒，沃野万顷。富庶之地，良秀之邦。文天祥起兵抗元，远远近近的青壮年纷纷响应，跟着文天祥义无反顾走上不归路。从1275年正月四十岁起兵勤王，到1278年12月四十三岁五坡岭被俘，整四年文天祥做了什么呢？第一次起兵到了杭州，元兵陈兵于距离杭州不到三十里的皋亭山，元军要求派宰相去谈判。这时南宋的两个宰相，右丞相陈宜中畏敌连夜逃跑，左丞相吴坚死活不敢去。皇帝年幼，太后急得发哭。没办法，任命文天祥为右丞相兼枢密使，都督诸路军马。文天祥这个丞相是朝廷没人可用，没人敢当的情况下当上的。他在《正气歌》中说“隶也实不力”，实在不是过谦之词。从一个知府一步升到一人之下，万人之上的宰相，如果是在和平时期，真可谓皇恩浩荡。可现在朝廷是要他去赴死，后果真谈判被扣。侥幸逃脱，小皇上都降了。算了吧，回文山过自己的逍遥日子。可他不，在福建又拥立一个小皇帝，义旗再举，二度起兵，反攻江西，连克数州县。两湖、两广、两淮纷纷起兵，形势本来可以好转。可是福建的流亡朝廷在海上漂泊不定，地方哗变，皇帝都不要江山了，咱们跟他拼什么命？然而文天祥不这么想，他坚定地打到广东，直至最后被俘。

本来文天祥只求速死，可是吃药不死，绝食不死，只能被元军押到北京去坐牢。最后三年的囚徒生涯，是元朝瓦解文天祥斗志的三年。然而他在狱中高唱《正气歌》：

天地有正气，杂然赋流形。下则为河岳，上则为日星。
于人曰浩然，沛乎塞苍冥。皇路当清夷，含和吐明庭。
时穷节乃见，一一垂丹青。在齐太史简，在晋董狐笔。
在秦张良椎，在汉苏武节。为严将军头，为嵇侍中血。
为张睢阳齿，为颜常山舌。或为辽东帽，清操厉冰雪。
或为出师表，鬼神泣壮烈。或为渡江楫，慷慨吞胡羯。
或为击贼笏，逆竖头破裂。是气所磅礴，凛烈万古存。
当其贯日月，生死安足论。地维赖以立，天柱赖以尊。
三纲实系命，道义为之根。嗟予遘阳九，隶也实不力。
楚囚缨其冠，传车送穷北。鼎镬甘如饴，求之不可得。

正气歌

阴房阒鬼火，春院閟天黑。牛骥同一皂，鸡栖凤凰食。
一朝蒙雾露，分作沟中瘠。如此再寒暑，百沴自辟易。
嗟哉沮洳场，为我安乐国。岂有他缪巧，阴阳不能贼。
顾此耿耿在，仰视浮云白。悠悠我心悲，苍天曷有极。
哲人日已远，典刑在夙昔。风檐展书读，古道照颜色。

降元的小皇帝来劝他，天底下最可笑的一幕出现了。小皇帝责问文天祥，我都降了，你为何不降？你不忠君吗？估计这时候文天祥心都碎了。他说，社稷为重君为轻。你不要国家了，可我要国家。

亲情劝降，弟弟文璧在惠州就降了，他拿着元朝的俸禄，受命劝降哥哥。但他不敢开口，给哥哥留下一些钱就要走。哥哥叫住他，说这钱不干净，你拿走。实际上他太需要钱了。在监狱的这三年，如果没有张千载，他会更加难熬。张千载这个人实在了不起，青原人给我讲，他与文天祥是同乡好友，文天祥当官他躲开，文天祥罢官回乡，他第一个去看望。文天祥被俘关在北京，他抛家舍业跑到北京，租住在兵马司附近，每日为文天祥端茶送饭，直到文天祥就义。张千载还置备了一只木盒，平日收拾文天祥脱落的齿发。文天祥就义后，他将其首级藏于盒中，千里负柩回到富田，交其家人安葬。什么是朋友？什么叫义气？这样的人才真够朋友真够义气。

妻子、女儿来信了。她们在永丰被俘，现在贬在王府中为奴，苦难对于女人就如断线的风筝不知道飘向何方，内心的煎熬难以想象。她们多么期盼团圆啊。文天祥回信女儿“爹爹管不了你了”，回信妻子“烈女不嫁二夫，忠臣不事二主，天上地下，惟我与汝”。

元世祖屈尊大驾亲自劝降。说你降了，我还让你做宰相。文天祥回答：“愿一死足矣。”铁蹄可以征服版图，可人心不可以征服。事实上，元朝在中国历史上存活时间很短，毛泽东在《沁园春•雪》中写道：“一代天骄，成吉思汗，只识弯弓射大雕。”至元十九年十二月初九（1283年1月9日），庐陵人文天祥走到了生命的尽头。

一个明知不可为而为之的民族英雄，一首《过零丁洋》：“辛苦遭逢起一经，干戈寥落四周星。山河破碎风飘絮，身世浮沉雨打萍。惶恐滩头说惶恐，零丁洋里叹零丁。人生自古谁无死，留取丹心照汗青。”浸润中华民族的心灵。

庐陵“五忠一节”，实际上文天祥并未获得谥号。元朝杀了他，不可能给他谥号。可是他为国死难，义薄云天，是忠烈中的忠烈。我以崇敬的心，谨摘录文天祥的生平年表。

端平三年（1236年）一岁

五月初二（6月6日）生于吉州庐陵县纯化乡富川（今吉安市青原区富田镇）。

淳祐三年（1243年）八岁

游庐陵学宫，见先贤“四忠一节”画像，慨然立志。

宝祐三年（1255年）二十岁

春，入白鹭洲书院就读；知州举荐为贡士。十二月十五日，与弟文璧由父亲携领赴京城临安，参加进士考试。

宝祐四年（1256年）二十一岁

五月二十四日，理宗亲点为进士第一名（状元）。五月二十八日，父亲病故于客舍。

开庆元年（1259年）二十四岁

夏，初受签书宁海军节度判官厅公事。冬，上皇帝书，请杀鼓噪迁都的宦官董宋臣，书奏不报，自请还乡。

景定四年（1263年）二十八岁

正月，任著作佐郎兼权刑部郎官。八月，因董宋臣复原职，再次上皇帝书，论其恶行。十一月，差知瑞州（今高安）。

咸淳元年（1265年）三十岁

二月，任江西提刑。四月，被诬罢职，归乡开辟文山。

咸淳六年（1270年）三十五岁

正月，任军器监，又兼崇政殿说书、学士院权直。草拟诏书中直斥平章贾似道，被罢职。

咸淳九年（1273年）三十八岁

正月，任湖南提刑。会见江万里，江万里勉励：“世道之责，其在君乎！”

德祐元年（1275年）四十岁

正月，知赣州任上接朝廷勤王诏书，紧急聚兵，变卖家产充当军费。

德祐二年（1276年）四十一岁

正月十九日，任右丞相兼枢密使、都督诸路军马。正月二十日，以资政殿学士身份赴皋亭山元军营与伯颜谈判，被扣留。二月二十九日，在押往镇江时趁机脱险，渡江往真州。五月初一，在福州拥立端宗继位；流亡朝廷任命文天祥为枢密使、都督诸路军马。于南剑开府再聚兵。

景炎三年（1278年）四十三岁

八月，敕封信国公。十二月二十日，都督府在广东海丰五坡岭战败被俘。

祥兴元年（1279年）四十四岁

正月，囚禁于海船中，西行途经零丁洋，作《过零丁洋》诗。二月六日，宋元于崖山决战，宋亡。三月，自广州出发，押解北上。六月初一，经吉州。十月初一，至元大都，囚于兵马司。

元至元十八年（1281年）四十六岁

六月，作《正气歌》。

至元十九年（1282年）四十七岁

春，作《自赞》。十二月九日，从容就义于柴市。

文丞相祠

在文家村，我看到文丞相祠正在重建。根据永丰明朝状元罗伦的记文，文丞相祠最早应该建于明代。文氏族谱记载，清癸丑年（清朝先后经历过四个癸丑年，不知是哪一个癸丑年）遭焚毁，文氏后裔重建。“文化大革命”时又毁。祠堂内留有清朝探花王補题“文丞相祠”青石板祠堂匾额一块。文天祥诗碑两块，每块的两面各镌刻有文天祥亲书的七绝诗一首。四首诗均为《幕府杂诗》。二通诗碑大小各异，一通长2米，宽1米，厚0.05米，正面阳镌七绝诗一首及诗人署名。“催花一曲胜伊凉，羯鼓声高乐未央。阁外莫陈胡骑动，花开正要舞山香。”反面阴镌七绝诗一首及诗人署名。“谁怜野鹤一长身，去作穷泉万吉尘。他年重来床二拜，襄阳耆旧是何人。”另一通长1.86米，宽0.8米，厚0.05米，正面阳镌七绝诗一首及诗人署名。“月淡梧桐雨后天，萧萧络纬夜灯前。谁怜古寺空斋客，独写家书犹未眠。”反面阴镌七绝诗一首及诗人署名。“江黑云塞闭水城，饥兵守堞夜频惊。此时自在茅簷下，风雨安眠听柝声。”这四首诗是文天祥督师岭南时所作。当时文天祥开府粤东，旧友多向他求诗，故题书以赠。原诗初刻石于粤东伍化家园。1851年（清咸丰元年），庐陵匡汝谐游粤东时看到真迹，急拓归，付文鸿篆刻诸石保存下来。

历史人物是一个个鲜活的个体。寻找庐陵先贤的足迹，我似有惊人发现，杨邦乂为北宋献上了最后一颗正义的头颅，文天祥为南宋流尽了最后一滴血。天下之大，庐陵义壮。生活在庐陵这块土地上，我为他们感到骄傲和自豪。历史还在继续，我们怎么做，难道不值得我们思考吗？

向往那一方小池

初夏早晨的阳光洒在山坳，矮的庄稼，高的树木，甚至爬在地上的草，骤然青色耀目。时节温润，万物生长，跳的飞的发声的开花的，在这个美丽的早晨悉数占领诗人的心灵。

诗人醉了。醉在一方小池。

泉眼无声惜细流，树阴照水爱晴柔。
小荷才露尖尖角，早有蜻蜓在上头。

此时诗人的视角位于小池前的廊桥。凭栏品茗，山坳里的景物尽收眼底。

丘陵上的村庄，房屋依山横向排列，纵向深进。村名湴塘，湴者烂泥。据说晚唐时杨氏开基祖杨辂赴任吉州刺史，途经湴塘，马蹄被烂泥绊住，杨刺史觉得天要留人，索性把家眷留在此地。古代官场人走家搬或是传统，找个心仪的地方住下来，若是顺则留下来繁衍。在庐陵这类官宦移民并不鲜见，宋之后庐陵风生水起，大量人才涌现，大致跟这种官宦移民有关。而从庐陵走出去的官宦移民同样不少，欧阳修家族即是一例。文化的交流与碰撞无处不在。

兰溪从远处丘陵中蜿蜒流出，是这个村庄最富灵气的水流，它不仅灌溉山坳里的良田，而且是一处难得的风景。兰溪经过廊桥之前，与这一方小池沟通，活了一池荷藕。那时候兰溪水岸抑或栽着水柳，《新柳》诗云："柳条百心拂银塘，且莫深青只浅黄。未必柳条能蘸水，水中柳影引他长。"

兰溪上建有廊桥。廊屋由六根实木撑起，柱刻楹联，梁布彩绘，廊屋顶青瓦流线型装饰，流畅精美。在诗人的故乡，廊桥既是村民出入劳作的必经之地，也是读书人谈诗会友的理想之所。

湴塘是诗的村庄，空气中到处弥漫着诗的元素。一首《闲居初夏午睡起》似是信手拈来："梅子留酸软齿牙，芭蕉分绿与窗纱。日长睡起无情思，闲看儿童捉柳花。"可爱的诚斋体自然质朴，温暖人心。

兰溪廊桥

诗人杨万里一生作诗二万多首，留存四千多首，代表作有《小池》《晓出净慈寺送林子方》《闲居初夏午睡起》《新柳》等，被誉为一代诗宗。与陆游、尤袤、范成大并称“中兴四大诗人”。在历史的烟云中，杨万里以生命个体的光辉，在南宋破碎的版图上抹上厚重的文化暖色。已经足够了，历史记下了他的生命纪年：公元1127—1206年。

公元1154年（宋绍兴二十四年），杨万里进士及第，开始了他的官宦生涯。官员杨万里很想有一番作为，不甘于在司户、县丞这样的岗位磨蹭，终于有一段做京官的历史，是给太子做侍读，本来有不错的前景。可不知什么环节出了问题，1179年(宋淳熙六年)又被派往广东任职，如此蹉跎岁月，他似乎已经厌倦，“游倦当自归，非为猿鹤怨”，开始有了回家的念头。

其一

故园今日海棠开，梦入江西锦绣堆。
万物皆春人独老，一年过往燕方回。
似青似白天浓淡，欲堕还飞絮往来。
无那风光餐不得，遣诗招入翠琼杯。

其二

竹边台榭水边亭，不要人随只独行。
乍暖柳条无气力，淡晴花影不分明。
一番过雨不幽径，无数新禽有喜声。
只欠翠纱红映肉，两年寒食负先生。

乡愁是幸福的向往。两首《春怀故园海棠》坚定了杨万里致仕回家的决心。我曾执著追求的官场，我平生毫无作为的官场，就让我以这样的方式向你告别。

杨万里家教很严，《湴塘杨氏总谱》记载《诚斋文节公家训》：

吾今老矣，虚度时光。终日奔波为衣食而不足，随时高下度寒暑以无穷。片瓦条椽皆非容易，寸田方地毋使抛荒。疏惰乃败家之源，勤劳已立身之本。大富由命，小富由勤。男子以血汗为营，女子以灯火为运。夜坐三更一点尚不思眠，枕听晓鸡一声全家早起。门户多支，并力支持。栽苎种麻助办四时之衣食，耕田凿井安排一岁之粮储；育养禽牲迎陪亲友，喂蚕织绢了纳官税。日用有余，全家快活。世间破荡之辈，懒惰之家，天明不开门，农忙不下田，好吃懒做说大话，典衣卖田无羞愧，万顷粮田虚花，坐食光阴难度。吾今劝汝莫效尤。光阴迅速，一年又过一年，早宜竭力向庶，免饥寒在后。因示后生各宜体悉：忠，上而事君，下而交友，此心不污，终能长久；孝父如天，敬母如地，汝之子孙，亦复如是；勤，日出而作，日入而息，凿井而饮，耕田而食；俭，量及收入，度其所出，若不节用，俯仰何益？还有一事，重中之重，读书务要用心，功崇惟志，业广惟勤，学问有成，努力向前，但得学成，无虑功名。

杨万里长子杨长孺为福建安抚使时，尊家训，忠事于君，在判案时做到：“你为天子亲，我为天子臣，你犯天子法，我行天子刑。”大公无私地为庶民百姓办案，使得闽地大治，政绩显著。当宋宁宗要赏赐杨长孺时，他却回答说：不要赏我，要赏就赏我父亲吧，是我父亲教导我这样做的。

杨万里一生好茶爱茶，“故人气味茶样清，故人风骨茶样明”。白天饮，晚上饮，无眠。“旧赐龙团新作祟，频啜得中寒。瘦骨如柴痛又酸，儿信问平安。”喝茶都喝出了病。“夜永无眠非为茶，无风灯影自横斜”，执著茶道，让他走进至伟至大的人生境界，至伟才华淬炼，至大良知铸就。

杨万里崇尚荷花，除了《小池》，还有一首耳熟能详的诗《晓出净慈寺送林子方》，写的也是荷花。诗云：

毕竟西湖六月中，风光不与四时同。
接天莲叶无穷碧，映日荷花别样红。

出淤泥而不染的品格，让杨万里在官场举步维艰，或许杨万里为官场树立的，正是官场所不容的。没有真性情岂能做官？而仅有真性情又安然做官？正如他的诗白得谁都能懂，正如他的人诚得让人不肯相信。杨万里在官场耗了半辈子，累官至宝谟阁直学士，最后是“清得门如水，贫惟带有金”。他的儿子同样是进士出身，据说死的时候连棺材也买不起。父子两代人彻底践行干净做官。

皇帝的眼睛是雪亮的。杨万里死后，获得了他这一级官员难以享有的崇高荣誉，皇帝封他庐陵郡开国侯，赠光禄大夫，谥号文节。节者，气节，骨气。

杨万里(1127—1206年)，字廷秀，号诚斋。今江西省吉水县黄桥镇湴塘村人。南宋著名文学家、爱国诗人、官员，与陆游、尤袤、范成大并称“南宋四大家”、“中兴四大诗人”，光宗曾为其亲书“诚斋”二字，学者称其为“诚斋先生”。官至宝谟阁直学士，封庐陵郡开国侯，卒赠光禄大夫，谥号文节。杨万里一生作诗二万多首，但只有4200首留传下来，被誉为一代诗宗。代表作有《晓出净慈寺送林子方》《小池》《宿新市徐公店》《闲居初夏午睡起》《新柳》《舟过安仁》等。

杨氏门庭何等光耀。这是湴塘最有价值的文化记忆。

在湴塘，我悄悄在杨万里的墓前三鞠躬。我知道，这远不能表达我对他的敬仰，我似乎需要走进小池，采一枝荷花放在他的墓头。可是小池没有了，据说当年提高灌溉效率，迫使兰溪改道。过去蜿蜒的水流变得笔直，原来小池的方向成了溪，而溪的方位改作塘。廊桥之下无流水，淤塞成一块荒芜的塘，河草覆盖着，望去是一片零乱又生机蓬勃的草莽。廊桥之上无人经过，不然桥面何以晾晒如此多的牛粪？

没去湴塘，读杨万里的诗，想象湴塘心都醉了。到了湴塘，感觉杨万里的诗距离我们那么遥远。

湴塘是大村庄，三百多户，一千多人。按说村庄历史久远，应该也是一个千年古村。遗憾的是，村庄古老的记忆十分模糊，老一点的房屋破败不堪。几处祠堂都已重修，新的祠堂毫无规制，一律的水泥柱子，一律的红瓦，不见雕梁画栋，是现代农村的粗糙。少有人出入祠堂，门口也是一地牛粪。

岁月久了，廊桥行将倒塌，这儿珍藏着村庄太多的文化记忆，义在修缮。可这廊桥经过他们一番打理，竟连魂儿都惊跑了。六根扁平硕大的水泥柱子顶着廊屋，廊屋顶上青瓦换作红色琉璃。没有线条的生硬，荡去廊屋的灵气，水泥的冰冷凝固了诗的空气，怕是杨万里再世也写不出《小池》。

廊桥一头的两根水泥柱子镶着两块石碑，其中一块碑上记录了兰溪廊桥的历史，另一块碑上刻着捐修廊桥的三个人姓名以及捐款数额，字很大，因为下刀不深，所以有些模糊。或许此三人感到捐款区区一万，实在值不得让历史记住。

湴塘找不到杨万里笔下的景致，湴塘走不进杨万里的心灵。古典与现代泾渭分明，文化的冲突如此强烈。现代人们的文化选择，让我对于传统的继承几近绝望。试想，如果我们在传统中找不到所需要的价值，而只是放在一边的摆设，传统又怎能被继承？

若论财富，今非昔比。我不明白，今天的人们为什么不可以慢下来，用心雕琢自己的生活呢？湴塘人知道杨万里的价值，他们渴望获得“中国历史文化名村”的称号。然而，失去对于传统的真诚关照，有了这个名号又能怎样呢？

我们的心灵无法抵达那一方小池。

第三章 / 历史选择了青原

我志谁与亮，赏心惟良知。

——谢灵运《游南亭》

打屁股的政治

读明史，越读越不是滋味。有时候，我想假如朱棣规规矩矩当王爷，大明仍由朱允炆一脉主宰，或许景况全然不同。只是历史无法假设，只能按照朱棣子孙的逻辑走下去。要说朱棣，他实在是一位了不起的皇帝，单说开放海禁就非常了得。万里长城万里空，进攻才是最好的防守。朱棣非常优秀，既懂得这个道理，又有压倒一切的气魄，所以他能成事。而且做了几辈子人的事，因此他的儿孙有资本躺在他的功劳簿上。自朱棣以降，明朝皇帝再未出现大气魄大手笔者，至朱祁镇土木堡被俘，明朝颜面尽失。

借出了名的顽主朱厚照，我想说说明朝。其实朱厚照非常聪明，他看清了明朝政治生态，文官强势，这些人能说会道，引经据典，而且很会来事。他厌恶文官集团，可又无可奈何，祖宗家法不可逾越。那就玩吧，我玩不过你们，我让别人跟你玩。这个别人就是太监刘瑾。朱厚照心里清楚，靠刘瑾这样的文盲治不了国，可那帮夫子实在太可恶，由他们折腾去吧，我自个儿清静。

要说皇帝不爱江山的没有几个。商纣王无德，酒池肉林，迷恋女色，终被西周取代。南唐后主李煜太有才，陶醉在诗词歌赋中，“春花秋月何时了，往事知多少？小楼昨夜又东风，故国不堪回首月明中。雕栏玉砌应犹在，只是朱颜改。问君能有几多愁？恰似一江春水向东流”。他填的词登峰造极，治国却一塌糊涂。北宋徽宗赵佶也有才，痴迷在书画世界里，最后被金人掳去，国家亡了，自己也被折磨至死。

朱厚照清醒着，国家体制不改，他这个皇帝就只是一个只管点头的人。这样的痛苦，不仅他有，他的父辈祖辈都有。明朝体制是他老祖宗定下的，他很迷茫。朱元璋是政治家，但也是一个农民，农民式的狡猾与狭隘在他身上表现得淋漓尽致。杀功臣、削相权、搞内阁、起内讧，他为明朝官场争斗开了头。而朱棣理亏，花了半生精力掩盖谋逆，以谋求执政的合法化，却来不及检讨大明体制。

对于官场中人，但凡权力角逐，无不小心翼翼，如临深渊，少见心灵强大之人。只有握着权力站在高处的那一个，心灵才会无比强大。当权力失去，曾经强大的心灵瞬间就会崩溃。这就是中国式权力路线图。所以把权力视为生命的人最终会失去生命。

文盲刘瑾自有处事的逻辑，他不知道什么是胸怀，什么是高尚，什么是担当，更不知道良知价高。他率性而为，你不服我，我打你屁股。要说打屁股也是朱元璋的发明，他把民间父亲对付儿子那一套搬到宫廷，改了一个名字叫“廷杖”，用来对付不听话的官员。大明一朝不知道有多少官员被打过屁股。而刘瑾仅是一个太监，借着皇帝的势竟敢打大臣的屁股，这也是朱元璋没有预料到的。刘瑾打大臣主要是泄私愤，谁触犯了他的利益，他就打谁。一路打来，打得明朝斯文扫地，打得文官集团忍无可忍，终于有一天文官集团向他发起了猛烈进攻。

野蛮与文明的博弈实在可怕。野蛮迷恋武力，而文明崇尚化育，两者背道而驰。人们不相信野蛮，所以执著。但是当野蛮的刀枪棍棒蹂躏自己身体，践踏自己尊严的时候，就会有害怕疼痛的人退却。中国人本质上崇尚英雄，可汉奸自汉朝以来层出不穷。功名利禄诱惑与承受痛苦灾害，让人痛失良知。心灵的天平一旦滑向罪恶的一边，永不平衡。

事实上我还是很敬重明朝士大夫阶层，屁股可以打，死理还得认。这些人有信仰吗？肯定是有的。这个信仰就是儒家的伦理。这个信仰支撑他们在板凳上承受打屁股的痛苦，很多人皮开肉绽，旧伤未愈又上了板凳，这就是儒家伦理的魅力。本来儒家具有平民性，应该有普世价值，可是儒家忽视了生命个体的价值，所以儒家的普世价值经常受到质疑。

这一天终于来了。以刘健、谢迁为首的内阁文官集团第一次把矛头直指刘瑾，要求皇帝朱厚照立即诛杀刘谨等“八虎”，奏折中声言，如果朱厚照不执行，文官集团誓不罢休。这就是明朝历史上最牛的六部九卿上书事件。由于焦芳变节，最终以刘健、谢迁辞职而告结束。实际上在诛杀刘瑾的问题上，没有焦芳变节结果也是一样。朱厚照留下刘瑾，请走刘健、谢迁，这样的选择表面上看不可思议，其实不然。你刘健为诛杀一个太监竟然动员六部九卿，声势未免太大了吧？如果任凭这样的动员力在朝中存在，朱厚照的未来将会更加灰暗。刘瑾不是不可以死，问题是刘瑾之后还要有人与强悍的文官集团博弈，而这个人朱厚照还没来得及发现。这或许就是年轻皇帝朱厚照的内心世界。其实他这么做也是迫不得已。明朝不少皇帝叛逆，他们以诸多怪诞的行为对抗文官集团，却从来没有人敢违背祖宗之法。大明一朝恐怕也就朱棣有这个魅力，他之后没有一个皇帝具备帝王气魄。对于能力平常之人，又处在文官争权的环境中，他们又能够有何作为？而对于没有作为的人，自然可以归罪祖宗之法，但是时代在变，祖宗之法焉能不废？

还是因为六部九卿上书事情，南京的言官戴铣继续上书，结果在板凳上就被活活打死。刑部六品主事王阳明看不下去了，他上书皇帝言语激烈，并且天才地给刘瑾一个响亮的称呼——权奸。刘瑾气坏了，板子终于打在了王阳明的屁股上。廷杖四十，发配龙场驿当驿丞。驿丞不仅没品级，而且基本上被清除出官僚队伍。这样的结局恐怕王阳明事先并无思想准备，不然在是否去龙场的问题上，他不会犹豫再三。

人们可能不会相信，乱哄哄的明朝怎么可能成为民主的诱因？答案还是明朝的体制。因为明朝文官集团太有主人翁精神。国家姓朱，可也姓百家姓，不可糟蹋了大好河山。你姓朱的不务正业，我们可得管。所以各种思想意识经过前几朝的发酵，到正德朝全部放飞了。这就是民主最初的形态。可是明朝缺乏民主沟通的渠道。中国人似乎缺乏民主智慧，文官集团拧着，皇帝也拧着，第三方缺位。但是无论如何，朱厚照的放纵，客观上帮助了民主的种子发芽。在那个时代，传统价值观受到挑战，报国岂止在官场？这样的进步具有历史性和革命性。可明朝的内阁还沉迷在权力的角逐中。

我多次说过中国错过明朝，尤其是明朝正德年间，出现了许多具有民主思想倾向的思想家。民主的种子在明朝的土地上冒出了嫩芽，如果细心呵护，浇灌施肥，或许民主就会长成大树。

我有时真为朱厚照不平，其实他就是那个时代最大的叛逆者。在他统治的天下悄悄酝酿着思想的革命，这个思想革命的领袖就是刚被刘瑾打过屁股的王阳明。

一个人的驿站

王阳明在挨过板子之后，颇费周折，穿越大半个中国，遁入一个叫龙场的驿站。我不清楚这是一个怎样的地方，我只知道它在贵州山区，我甚至很难想象五百年前的那个空间应该很偏僻。在这条驿道上，来往的客商和官宦或许不会多，很多天都不会听到信使的马蹄声，只有鸟的啼叫唤醒寂静的早晨，只有溪流的声音唱和白昼，只有动物的长啸惊扰夜梦。

从时间上推算，王阳明到达龙场的时间应该是冬天。南方大山里湿冷，寒风吹过，脸上像是被刀子划过一般刺痛。前任驿丞已是风烛残年，他在龙场干了很长时间，脸上爬满孤独的皱纹，刀刻一般深沉。送别老驿丞，大山里独剩自己。心凉一身冷。

一个人的驿站，空气仿佛都凝固了。蓦然回首，执著圣贤事的王阳明此时却孤居深山，曾经拥有的全部失去，甚至从头来的机会都可能没有。“修身齐家治国平天下”是中国传统知识分子的报国路线，可是在这深山里何以报国？人生意义何在？价值几何？心灵呐喊在谷地里回响。

王阳明毕竟是圣人坯子，很快完成了编内六品主事到编外无品驿丞的角色转变。王阳明有足够强大的心灵，这一路走来并非顺风顺水。1493年（明弘治六年）第一次会试落榜，1496年（明弘治九年）第二次会试落榜，别人沮丧，可他却不以为然，“世人以不得第为耻，吾以不得第动心为耻”。不被物夺，不为境转，不与俗世同流，斯人风骨，独与天地相通。1499年（明弘治十二年）第三次会试终于进士及第，此时王阳明二十八岁，距龙场悟道还有不到十年。

冬天大山里的阳光太软，风一吹就散了，弥漫着灰蒙的阴郁。可王阳明内心亮堂，独向山巅，高声吟唱：“客行日日万锋头，山水南来亦胜游。布谷鸟啼村雨暗，刺桐花暝石溪幽。蛮烟喜过青扬瘴，乡思愁经芳杜洲。身在夜郎家万里，五云天北是神州。”王阳明具备圣人的素质，内心淡定，永远是心灵的主宰。

那就屏住鼻息，静坐心灵，凝聚迷茫的精气神。

耐得住寂寞的人，往往有着常人不同的喜好。王阳明喜欢去寺庙道观，这个喜好一生不曾改变。1488年（明弘治元年），王阳明遵父命，到南昌与未婚妻完婚，洞房花烛夜，他把新娘晾在一边，独自走出家门，像是一头迷鹿，撞进了铁柱宫道观。这一夜，他倾听一个九十六岁的老道谈养生修道之法，竟然忘我，不知今夕何年，不知今夜何为。岳父吩咐下人到处找人，谁也想不到他能去道观，哪里找得着人？

圣人的世界其实简单，但对常人却是不可思议。1502年（明弘治十五年），王阳明向皇帝告假回乡养病，实际上养病是假修道是真，无论真假，在皇帝眼里区区六品主事并无存在感，所以报告很快得到批准。只是这一次又惊着了他那状元老爹，这小子刚入仕放着官不做，跑回家来干什么？宋亡之后，中国士大夫阶层普遍养成了一种“无事袖手谈心性，临危一死报君王”的陋习，王阳明厌恶这种官场风气，更加惦念做圣人的理想。回到家乡，他立马跑到会稽山阳明洞，搭个窝棚潜心修道，享受远离尘嚣，弃世独立的定境之乐。

我曾对王阳明的行为甚为不解，一个有着儒家信仰的知识分子，怎么可能立身于儒释道三者之间？现在我明白了，佛老于他，不过是代步的马车，渡河的舟楫。他像一只风筝，可以亲近蓝天和白云，却永远不能拥抱蓝天，亲吻白云。因为总有一只手牵着这只风筝。这只手便是儒家伦理。

王阳明这个名字，就是在这次阳明洞修为之后叫响的。官名王守仁，守仁二字源自《论语•卫灵公》：“知及之，仁不能守之；虽得之，必失之。”王守仁还真不是常人，五岁才开口说话，一说话就是子曰之乎者也。人们惊诧，王守仁说，这有什么？我不会说话时，听你们说话就记下了。睁着眼睛睡觉，闭着嘴巴说话，这样的人世所罕见。

王阳明少时顽劣，却早早宣示做圣贤的梦想。“唯为圣贤，方是第一。”对儿子的理想，状元父亲不以为然，“孺子之志，何其奢也！”在父亲眼里，儿子虽然天赋不错，但终究是平常孩子，做圣贤的理想未免太奢侈。可在儿子心里，圣贤并非遥不可及，冥冥中他似乎可以握住圣人的手，触摸圣人的心。十岁作《蔽月山房》，诗云：“山近月远觉月小，便道此山大于月。若人有眼大如天，当见山高月更阔。”一首打油诗，思想却已然有了哲学的高度。一个具备辩证思维天赋的人，注定他会站在思想的山巅俯视天下。

然而，现在还是全然归零的状态。荷锄农耕，看着蔬菜的叶子慢慢繁盛，看着禾苗转青封行扬花结穗，看着太阳升起又落下，然而内心的痛苦就像蜘蛛结网越来越大。问世间道为何物，直教人生死相许。格物穷理，生命有限，人世间真是这样的理吗？早年格竹子的体验，让他对“今日格一物，明日格一物”全然失去信心。

遥想当年，鹅湖之会，朱熹纵横捭阖天理与人欲，陆九渊简约心即理，喊出了“学苟知本，六经皆我注脚”。两大学派两个学霸互相掐架，朱熹教人泛观博览，而后归之约，指责陆九渊方法简约，流于空疏。陆九渊教人先发明本心，而后使之博览。发生在公元1175年的这场中国思想史上著名的“鹅湖之会”， 针锋相对，本无共识。但是到了明朝终于得出了结论。朱熹“存天理，灭人欲”被朱元璋捧为至贤，而陆九渊则被视为异端，沉寂在历史的尘寰。三百多年后，王阳明横空出世，他漫游在朱陆提供的思想逻辑中。他需要选择，并作出判断。滚滚红尘，谁能守着吾性自足的灵光，拒绝沉沦昂首向天？

春天龙场的深夜孕育生机，大山里虫唧蛙鸣，生命在温暖的春意中无眠。然而这个深夜诡异离奇，有关描述我看过不少，黑夜如漆，远山虎啸，王阳明从石棺中掀盖而出，目光如炬，奔跑如飞……因为这个夜晚在龙场发生了中国思想史上的著名事件，史称“龙场悟道”。“心学”由此诞生，关于开悟，弗洛姆描述道：人的眼睛突然睁开了，他自己和世界突然显现在一种完全不同的光亮之中，能够从完全不同的角度去观看。在这种体验发生之前，往往有大量焦虑产生，而在此之后，一种新的力量和自信却油然而生。其实这个夜晚发生了什么并不重要，重要的是王阳明从此坚信“始知圣人之道，吾性自足，向之求理于事物者，误也！”心即理，心外无理，心外无物。“尔未看此花时，此花与尔同归于寂。尔来看此花时，则此花颜色一时明白起来。便知此花不在尔的心外。”龙场的苦难让他彻悟，心是良知本体，吾心足矣，不假外求。人活着两样东西最重要，一个是良知，另一个是理想。去恶从善与社会担当是心学的精华，更是可贵的学术品质。

天地我心，一片光明。

迷人的风景

历史充满玄机，一切似为青原准备。

冬天过去了，春天还会远吗？虽然龙场驿春寒料峭，但是大山里已经萌发生机，梧桐树的白花在春寒中绽放，耕牛把脖子伸得老长，舌头在大地上嗅出青草的味道，远处的山坳农人开始忙活。悟道以来，王阳明内心平静，他似乎感受到这个春天的信息。这一天，信使的马蹄在龙场驿停住，仰天发出的长啸，让王阳明疲惫的身体感到兴奋。权奸刘瑾终于被送上了断头台，而他自己也得以复出，担任庐陵知县。

1510年（明正德五年）暮春，王阳明一路风尘来到庐陵，这块土地于他而言完全陌生。庐陵公元前221年建县，是江西十八个古县之一，至民国三年（1914年）改为吉安县。期间历经两千多年，虽隶属关系不断变化，但庐陵县名只在几个动乱的朝代作过调整和改变。古庐陵的版图很大，是吉州郡的腹地，吉州郡址就设在庐陵。王阳明在庐陵任知县不过几个月，有关他在任上的作为，《吉安府志》有些记载。然而，我能肯定他在庐陵任内并没有多大作为，但是他宽约的作风赢得了民心。这个好人缘，成就了他日后在庐陵起兵平定宁王之乱。

赣江把庐陵一分为二，从永和渡过赣江就是青原。王阳明

王阳明《象祠记》

在县衙屁股还没坐热，脚就踏上了青原的土地。因为他知道青原有座名山，名山里有座名寺。夏天炽热的阳光照在赣江上，江水波光潋滟。王阳明渡过赣江，直奔青原山净居寺而去。历史选择青原，把一种新的哲学思想留在了青原，把一套“修身齐家治国平天下”的方法教给了青原，青原从此成为研习和传播心学的基地。

我不知道历史有没有记载这个日子。其实这个日子对于青原特别有意义，我很想查找这是一个怎样的日子，但没有结果。王阳明似乎并不在乎什么日子，正如他当年洞房花烛夜一头撞进铁柱宫。但是这一次去青原，王阳明不会没有选择。

此时，净居寺香火寂寥，和尚神情慵懒，寺庙清冷。王阳明来了，寺院生机盎然，连树上的鸟儿都叫欢了。“缭绕闻天乐，周流扬梵声”，一颗“居夷处困”久了的心灵，带着心学走进了僧人打坐的殿堂。在净居寺的大殿上，穿官服的儒者与剃度的和尚一齐盘腿静坐，哪里还有儒佛的分别？时间在木鱼的敲击声中一声声消逝，心智在木香的燃烧中一寸寸增长。迷人的风景留在儒者心里，是一股股涌泉，是一朵朵浪花。

泰和人陈昌积常参加青原讲会，他在《青原陪王龙溪夜讲次韵》的诗中描述："直启瑶函指素襟，凡骸无奈久成阴。坐忘将使形先废，请息谁从象外寻？始悟通方非凿窍，由来归一本澄心。老驽誓竭斋居力，枯槁能梦月更深。"这个王龙溪就是鼎鼎大名的心学弟子王畿。吉水人曾乾亨在《结社青原》诗中记述："当年无著礼瞿昙，结得前山与后山。此日更寻云外侣，曼谁不语向谁参。"陈昌积和曾乾亨都是进士出身，心学门人，诗中描述并非当年境况，但我似乎可以通过他们的诗想象阳明时代的青原。

静坐是心学修身的方法。据说静坐久了可以练就透视和遥感的功能。透视心灵，看到了什么？是生命的脆弱和渺小，是身处江湖的惊悸和颤栗，是心尖上没有被风吹尽的粉尘。遥感世界，感到了什么？是饥饿世界里的抢夺，是名利场上的欺诈，是异族间的杀戮。灵魂的疼痛在大殿中呻吟，而又复归平静。看到的以及感受到的，让心空灵，不再因为痛苦而扭曲，不再因为愤怒而愚蠢。

王畿记载了王阳明早年在阳明洞修道的体验：

为晦翁（朱熹）格物穷理之学，几至于殒。时苦其烦且难，自叹以为若于圣学无缘。乃始究心于老、佛之学，筑洞天精庐，日夕勤修，炼习伏藏，洞悉机要，其于彼家所谓见性抱一之旨，非惟通其义，盖已得其髓矣。自谓尝于静中内照，形躯如水晶宫，忘己忘物，忘天忘地，与空虚同体，光耀神气，恍惚变幻，似欲言而忘其所以言，乃真境象也。

我似乎可以体会静处的好处，正如我没完没了伏案写作。对一个儒者，静修似乎无可非议，可王阳明选择了寺庙，这样的修身方法明显带着佛教的色彩，或许他需要佛光普照，撼动心中的贼。或许这样的氛围更能让人心灵空绝？其实传统理学就有引佛入儒、引道入儒的倾向。作为理学的开山人物周敦颐和程颢，这种学术渊源昭然可见。两宋时，儒学别开生面，大谈本原、心性和宇宙，并引领明朝理学走上一条抽象的、心性的、本体化的道路。如果没有佛道两家在本体论、认识论、心性论上所提供的丰富思想资源和理论工具，理学根本不可能发生。

那个时代净居寺的风景太迷人。简约却不空疏，王阳明瘦高的身躯站起来了，似乎立于山巅，告诉他的弟子们，守住本心，你就会无比强大；知行合一，你就会成为对社会和人类有用的人。他的话出于心而传于心，心是良知和大道。他的声音低徊在山涧，高扬在天空。

那个时代青原是精神高地，许多人洗心来了，风景是那样的迷人。燃情岁月，悠悠往事，青原，连着大明帝国的心脏跳动。

第四章 / 悟道与布道

即使最伟大的国王，也得坐在自己的屁股上。

——本杰明•富林克林

老子的思考

如果没有函谷关，或许就没有《道德经》。如果不是关令尹喜执著，老子或许骑牛西去，世界思想史就少了光艳的篇章。历史总充满巧合，让人惊奇。公元前485年，尹喜和老子这两个特别的人，在函谷关这个特别的地方，完成了一件特别的事。

老子是周王朝专管图书的史官，博览群书，知识渊博。据说孔子还曾拜访过老子，只是没有留下可信的文字。然而，我迷惑的是老子不著书不授徒，名气怎能这么大？尹喜自然了解老子，先前他是周朝的大夫，与老子同朝为官，后来辞了大夫，请任函谷关令。但这似乎不能成为逼老子著书的理由，或许历史掩盖了许多不为人知的事实。

对于老子，历史着笔过于吝啬，平常人知道老子，除了一部五千字的《道德经》和一幅骑牛图，别的应该很少。老子是一个怎样的人呢？在他漫长的人生经历中，会像孔子一样游说天下吗？会像其他思想家一样激扬文字吗？史书对于老子的记载并不多，《史记》载，关令尹喜曰："子将隐矣，强为我著书。"于是老子留下言道德之意五千余言而去，莫知其所终。

我揣测，老子大概是喜欢慢的生活，不然人家骑马，他何以骑牛？骑牛的滋味慢慢腾腾，摇摇晃晃，悠然自得。他的人生哲学无欲无争，或许没有很强的表现欲，更不会有儒家治国平天下的理想，不然他的道德学说早已横空出世。他珍爱生命，向往小国寡民的乌托邦。用他自己的话说，“使民重死而不远徙。虽有舟舆，无所乘之。虽有甲兵，无所陈之。使民复结绳而用之。甘其食，美其服，安其居，乐其俗。邻国相望，鸡狗之声相闻，民至老死不相往来”。此次出关，正是寻着他的乌托邦而去。

感谢函谷关拦住老子，不然历史将与这位思想巨人失之交臂。函谷关因“关在峡谷，深险如函”而得名，这座建于西周的军事要塞，“天开函谷北关中，万谷惊尘向北空”，历来都是兵家必争之地。数百年后，楚汉相争“先入关者为王”，说的还是函谷关。老子的到来，虽然没有驱散战争的阴霾，但是函谷关因此成为思想的洼谷，杜甫诗云：“西望瑶池降王母，东来紫气满函关。”函谷圣地，令人遐想。

传说当年精通历法，善观天象的关令尹喜，看到了从东方洛阳飘来的一团紫气，认定有贵人过关。他在关前睁大眼睛等来了老子，骑着青牛，皓首白须，精神矍铄，神仙一般清气扑面。老子被尹喜请下青牛。熟人见面，应该很好交流，断然不会只有“您老人家这一走就不回来了，一定要为我写一本书”这样的请求。历史忽略了细节，给后人无穷的想象。但不管怎样，老子接受了尹喜的邀请，在函谷关住下了。绝壁深谷之中，时年八十六岁的老子进入忘我的状态，思想如泉奔涌。

老子在世上活了这么久，经的事看的事太多了。一肚子想法，一脑子智慧，在尹喜为他准备的竹简上行云流水，字字珠玑。《道德经》虽然只有五千字，却充满智慧。德国哲学家尼采说：“《道德经》像一个永不枯竭的井泉，满载宝藏，放下汲桶，唾手可得。”我读《道德经》，习惯从后面往前读，我觉得这样的阅读，似乎更容易理解《道德经》，不仅如此，还能读到一个真实可爱的老子。

诗经时代以及老子生活的时代，天下纷争，战乱不断，充满杀戮。百姓流离失所，痛苦不堪。孔子编著的《诗经》其实在民间广为流传，以老子的经历不会充耳不闻。《小雅•采薇》唱道：“昔我往矣，杨柳依依。今我来思，雨雪霏霏。行道迟迟，载渴载饥。我心悲伤，莫知我哀。”《苕之华》唱道：“苕之华，其叶青青。知我如此，不如无生！牂羊坟首，三星在罶。人可以食，鲜可以饱。”《兔爰》唱道：“有兔爰爰，雉离于罗。我生之初，尚无为。我生之后，逢此百罹。尚寐无吪！”《魏风•伐檀》唱道：“坎坎伐檀兮，置之河之干兮。河水清且涟漪。不稼不穑，胡取禾三百廛兮！不狩不猎，胡瞻尔庭有县貆兮！彼君子兮，不素餐兮！”函谷关的屋子里并不平静，铁蹄尖啸，饿殍遍野，太多的人间惨剧浮现在老子面前。

老子是一个有良知的人，分析社会现状充满理性和悲悯情怀。“民之饥，以其上食税之多，是以饥。民之难治，以其上之有为，是以难治。民之轻死，以其求生之厚，是以轻死。”“民不畏死，奈何以死惧之？若使民常畏死，而为奇者吾得执而杀之，孰敢？”“天下多忌讳，而民弥贫；民多利器，国家滋昏；人多伎巧，奇物滋起；法令滋彰，盗贼多有。”老子的话其实很好理解，天下大乱，都是因为政府乱作为，老百姓过不下去才不会惜命，世间种种恶行由此而起。如果老百姓惜命，谁也不敢去杀人。岁月或许磨去了老子的棱角，却保留了智者的鲜明个性。“大道废，有仁义；智慧出，有大伪；六亲不和，有孝慈；国家昏乱，有忠臣。”“绝圣弃智，民利百倍；绝仁弃义，民复孝慈；绝巧弃利，盗贼无有。”政府无能，不配干预人民的生活。这样的政治主张富有强烈的革命色彩，老子似乎已经绝望，因此他提出了救赎社会的无为路线：“我无为而民自化，我好静而民自正，我无事而民自富，我无欲而民自朴。其政闷闷，其民醇醇；其政察察，其民缺缺。”“知我如此，不如不生。”人民轻视生命的态度，让老子发出了无为而治，与民生息的呐喊。

社会种种罪恶的根源都是欲，正如老子的政治哲学。老子的人生哲学倡导的也是无知无欲。“五色令人目盲，五音令人耳聋，五味令人口爽，驰骋田猎令人心发狂，难得之货令人行妨”，欲望迷失自我，“知足不辱，知止不殆，可以长久。罪莫大于欲，祸莫大于不知足，咎莫大于欲得。故知足之足常足也”。人法地，地法天，天法道，道法自然，见素抱朴，绝学无忧，那是多么美好的乌托邦。

面对弑君弑父的残酷现实，老子提供的人生路线是不争。“江海所以能为百谷王者，以善下之，故能为百谷王。以其不争，故天下莫能以之争。”“曲则全，枉则直，洼则盈。夫唯不争，故天下莫与之争。”“上善若水，水利万物而不争。处众人之所恶，故几于道。”“天下柔弱莫过于水，而攻坚胜者莫之能胜。其无以易之。弱之胜强，柔之胜刚，天下莫不知，莫能行。”老子深知以暴制暴，只会更烈，没有止境。只有不争，才是最好的办法。狂风吹不断柳丝，最柔弱的水可以冲开山石，凿成江河。充满哲思的语言，给人类文明史留下了深刻的记忆。两千多年来，老子的人生哲学深刻地影响了民族的灵魂。

道为德之体，德为道之用。“道可道也，非恒道也；名可名也，非恒名也”，文字在竹简上行走，如果真有一个有意志、有良知的天帝，万物岂能相杀？天道无知，人类才会相争相杀。天道若是有知，岂能容忍人间惨剧重复上演？“天地不仁，以万物为刍狗”，那么道在哪里？它在天地万物之外，无声无形无影，飘忽于天地万物之中，生于天地万物之先，是天地万物的本源。道是自然，自然如此。可是万物生长，也是因为有这个道，因此道而无不为。看不见摸不着，这个道原来如此神秘，又如此可爱。

看到了吧，车轮没有中间的圆洞，便不能转动，器皿没有内空则无法盛物，窗门无洞则无法采光，房屋无空则无法住人。这样的思考多么富有智慧，哲学的无穷魅力原来就在人们身边。在老子心里，道与无几乎没有区别。无即是虚空，这个大虚空，无形无声，却又无所不在，一切万有如果没有无，便毫无用处。“寂兮寥兮，独立而不改，周行而不殆，可以为天下母”，万物生于有，有生于无，这便是道。“道生一，一生二，二生三，三生万物”，道即是无，无即是道。那么，这个道叫什么呢？它是无状之状，无物之象。“惚兮恍兮，其中有象。恍兮惚兮，其中有物。窈兮冥兮，其中有精。其精甚真，其中有信。自古及今，其名一不去，以悦众甫。吾何以知众甫之然哉？以此。”道是哲学的高地，两千五百年前老子用文学的语言让人类感到玄奥的宇宙观。

其实老子的内心始终充满矛盾，说穿了，无为只是一个老人一厢情愿的美好向往。无为救赎不了社会，而无欲又岂是人人可以做到的？所以他倡导无名。“天下皆知美之为美，斯恶已。皆知善之为善，故不善已。”这是老子无为而治的根据。老子以为一切善恶、美丑、贤不肖都是对待的名词，正如长短、高下、前后一样，无长便无短，无前便无后，无美便无丑，无善便无恶，无贤便无不肖。那些赏美罚恶，尊贤去不肖的做法都解决不了问题，根本的救赎必须把善恶、美丑、贤不肖一切对待的名词都消灭了，复归无名之朴的混沌时代。常使民无知无欲，无知，自然无欲，无欲，自然没有一切罪恶。老子教人忍，暂时吃亏受辱并不害事，“物或损之而益，或益之而损”。老子深信“自然法”，“天网恢恢，疏而不失”，不信天道的老子还是喊出了“强梁者不得其死”的咒语。

一大堆写满思想的竹简放在尹喜面前，他骑上青牛去了心中的乌托邦，留下一个人人都可亲近的神仙。

心中儒与禅

六月，在井冈山大学与教授们讨论致良知学，言及孔子，一位山东籍教授满怀虔诚，容不得桌面上有一丝一毫对孔子的不敬。教授谦恭，言语不多，儒雅气质给我留下深刻印象。

读《论语》，我能感受到孔子的真性情。甚至，我曾经无数次想象两千多年前那个时空里的孔子。“饭疏食，饮水，曲肱而枕之，乐亦在其中矣。不义而富且贵，于我如浮云”，寡欲而睿智，充满悲悯愁绪，理想之花艳丽绽放。

孔子原本热衷政治，他给天下的应聘广告写着：如果你用我，几个月可见成效，三年必有大成。大概他以为掌握救世之道，因而信心满满。“其为人也，发愤忘食，乐而忘忧，不知老之将至云尔”，精神足以感动天下。孔子没做过大官，在司空、司寇的岗位上倒也干得风生水起，尤其对邪说果敢镇压。孟子说，孔子的时代暴行邪说盛行。暴行不假，邪说似可斟酌。所谓邪说当然也包括老子、少正卯、邓析等当时激进的反政府思想家。史载孔子做司寇时诛杀少正卯，在孔子看来，人们轻视生命与思想家的邪说都是罪恶的渊薮。孔子守旧正统，不容自由意志，希望人人讲仁守礼，期待社会秩序良善。然而，孔子并没有把准社会的脉，他的政策并不生效，终于被罢了官。

孔子大概天生就是搞教育的料，罢官之后，孔子游说天下长达十三年。那个时代的思想家大都与孔子一样“述而不作”，老子如果没人逼他，或许一生都不会留下什么，苏格拉底也没有著作，他的学说也是学生整理出来的。孔子一生原创不多，《诗》《书》《礼》《乐》这几部是他删定的，《春秋》是根据鲁国的史记作的，《易经》的诸传是根据原有的《周易》作的。只有《论语》属于原创，这本书辑录孔子与弟子的谈话，是孔子学说的精华和儒家经典。其中包含的内容十分广泛，儒家后学编辑的《大学》和《中庸》来源孔子学说，代表儒学精神。孔子学说足够丰富，像天使一样走进人们的心灵。

人是什么？这个千古不变的命题，让中国圣贤绞尽脑汁。孔子说礼，《论语》中礼出现七十四次，礼是程序，承载道德规范和为人准则，非礼勿视，非礼勿听，非礼勿言，非礼勿动。礼的目标是仁，仁是与人道并行的天道，“仁远乎哉？我欲仁，斯仁至矣”。克己复礼，天下归仁。孔学为显学的时代，各种思想门派迅速崛起，而以应用主义墨学最为显赫。墨子认为人民富庶，既为国家百姓之大利，凡能使人民富庶之事物皆为有用，否则皆为无益或有害，一切价值，皆依此估定。这是墨学的出发点和价值标准。国家人民之大害，在于没完没了的相互争斗，而其所以争斗则是因为不相爱。兼爱之道，不唯于他人有利，且于行兼爱之道者亦有利，墨子倡导双赢，批评儒学，话说得极其实在、痛快。天下人没有几个不会说几句仁义道德的话，高谈仁义道德的人，却实在不能认得韭菜与麦子的分别，事到临头，不是随波逐流，便是手足无措。儒家法周，墨子法夏，两个学派中分天下。

由战国至汉初，人们习惯以孔墨并称。

实际上战国末期，墨学已经出现衰亡的迹象，因为墨子主张的兼爱、非攻思想为战争中的诸侯国所不容。历史上孔墨相攻，孟子甚至骂墨子兼爱为“无父”和“禽兽”。汉兴以后，儒家当道，汉武帝罢黜百家，独尊儒术，墨学自然没有了中兴的希望。《史记》对墨子的记载极为简略，大概是因为这时候思想界已经是儒家的天下，因此孔子跻身世家，而墨子却没有列传。

其实社会思想文化从来都不是一种选择，每一种哲学思想都需要革故鼎新。儒学衰微缺乏的正是这种创新能力。孔门弟子把一个孝字看得太重，结果便把个人埋没在家庭伦理之中，我不是自己的我，而只是父亲的儿子。这种家庭伦理生出两种极端，一种是以自我为中心不肯损一毫利天下，另一种则是极端的利他主义，视人之身为其身，视人之家若其家，视人之国若其国。有了这两种极端学说，不由得儒家不变更其伦理观念了。对此，胡适先生曾经作过如是点评：

孔子那样的精神魄力，富于历史的观念，又富于文学艺术的观念，删《诗》《书》，订《礼》《乐》，真是一个气象阔大的人物。不料他的及门弟子那么多人里面，竟不曾有什么人真正能发挥光大他的哲学，极其所成就，不过在一个“孝”字一个“礼”字上，做了一些补绽的工夫。这也可算得孔子的大不幸了。

中国古代哲学一开始并无神话的迷信。老子第一个提出自然无为的天道观念，“其鬼不神，其神不伤人”，打破了天帝的迷信，确立了中国古代自然哲学的基础。但是后来哲学又有了墨家的明鬼崇天主义，儒家的丧礼祭礼，尤其是战国时期盛行的阴阳五行说以及炼仙药求长生之说，这些迷信混合形成一种方士的宗教。历史上著名的秦始皇“坑儒”，其实杀的就是这些方士。我曾经想，假如中国思想史沿着开始的方向，在寻找自然社会发展规律上着力，或许中国哲学就会写就皇皇的后页。不幸的是，兵祸连年，民不聊生，这种曾经催生中国古代哲学的状况，并没有因为圣人的出现而改变。

儒学衰微或许还有一个妖魔化的过程。西汉经学家以阴阳家之言解释儒家经典，西汉末年，从董仲舒开始的神学化儒学思想继续发展，谶纬迷信泛滥。所谓纬者，对于经而言，纬书之外又有谶书。谶纬虽不同，但纬书中荒谬部分如同谶言，使儒学妖魔化，为皇皇儒学挖了一个大坑。中国古代哲学何以常被颠覆？这是中国思想史最富争议的问题。黑格尔说，中国没有哲学。为什么没有？冯友兰先生在《中国哲学史》中有一段精辟的论述：

总之，中国哲学家多重于人之是什么，而不注重于人之有什么。如人是圣人，即毫无知识亦是圣人；如人是恶人，即有无限之知识，亦是恶人。王阳明以精金喻圣人，以为只须成色精纯，即是圣人，至于知识才器，则虽有大小不同，如八千镒之金，与九千镒之金，分量虽不同，然其精金一也。金之成色，属于“是什么”之方面；至其分量，则属于“有什么”之方面。中国人重“是什么”而不重“有什么”，故不重知识。中国仅有科学萌芽，而无正式的科学，其理由一部分亦在于此。

东汉末年，以黄巾起义为标志，进入三国鼎立的时代。名教衰微，佛教进来了，儒与佛对决似乎不可避免。顺着中国思想史的脉络，我分明看到中古哲学中深深印入的佛教元素，在中国文化底色上，涂抹着许多奇异的色彩。人们为此感到惊愕，其实大可不必，文化的妙处就是给灵魂找一个寓所。自北魏至宋初，中国第一流的思想家都是佛学家。后来的阳明心学，同样可以看到源自这种文化的端倪。

许多人对佛教的理解表象化，佛教与老子道德学说诞生的年代相隔不远，而乔达摩•悉达多王子悟到的同样是宇宙人生的真相。两千多年前乔达摩•悉达多在尼连禅河边毕钵罗树下结跏趺坐，于安详的禅定中，体悟宇宙人生的真相。这一天，乔达摩奋起而立，向天下宣示宇宙人生的真相：诸行无常，诸法无我，涅槃寂静。无常无我，便是众苦的根源，乔达摩以觉知之光照亮黑暗，在生死流转中，契入不生不灭寂然常照的境界。乔达摩是一个觉悟的人，人们称他为佛陀。乔达摩创立佛教，人们称他为释迦牟尼。

南北朝时，中国人以自己的文化视角选择性吸收印度佛教的思想，同时注入中国文化思想倾向，形成中国佛教。印度佛教认为，人心所现，虚妄不实，所谓空也。但中国人认为主观之外有客观之外界，外界依人心始有存在，这个外界并不真空。诸行无常，诸法无我，涅槃寂静，是佛教的三法印，涅槃就是圆寂，是佛教的最高境界，这个境界永寂不动。但中国佛教赋予了儒家

“天行健，君子以自强不息”的思想，于运动中求得最高境界的精神，同时也赋予了庄子的出世色彩，其理想中的真人“寂而恒照，照而恒寂”。印度佛教认为，人无佛性，不能成佛。而中国佛教认为“人皆可以为尧舜”，今生修不成，来生接着修。“顿悟成佛”，无论何人，“一念相应，便成正觉”。相比印度佛教，中国佛教思想更加亲切。

禅是一种修为方法，是印度梵语“禅那”的音译，意思是冥想，包括静思，思维修，摄念等多重含义。通过禅坐训练，将意念集中一处，思考人生真理，从而使大脑的杂质沉淀下来，使思维如水一样清澈透明。禅是一种境界，一种方法，更是一个美丽的精神家园。百丈怀海制定的《百丈清规》是禅宗的律，是中国禅宗的一面旗帜，也是中国禅宗历久不衰的保障。

丛林以无事为兴盛。修行以念佛为稳当。
精进以持戒为第一。疾病以减食为汤药。
烦恼以忍辱为菩提。是非以不辩为解脱。
留众以老成为真情。执事以尽主为有功。
语言以减少为直截。长幼以慈和为进德。
学问以勤习为入门。因果以明白为无过。
老死以无常为警策。佛事以精严为切实。
待客以至诚为供养。山门以耆旧为庄严。
凡事以预立为不劳。处众以谦恭为有理。
遇险以不乱为定力。济物以慈悲为根本。

我曾经对阳明书院儒释双修的提法一知半解，现在我似乎明白了。儒释双修，修的不仅是禅的工夫，而且是心的澄澈。孟子说：“养心莫善于寡欲。”儒家讲“四心”（恻隐之心，羞耻之心，恭敬之心，是非之心），对应“四德”（仁、义、礼、智）。禅宗三祖僧璨大师《信心铭》载：“至道无难，惟嫌拣择。但莫憎爱，洞然明白。”禅宗讲“三心”，平等心、清净心、无心。儒家后学兼容儒释，北宋诗人黄庭坚在任泰和知县期间，经常去青原山净居寺，他在《题胡逸老虚庵》诗中云：“藏书万卷可教子，遗金满堂常作灾。能与贫人共年谷，必有明月生蚌胎。山随宴坐画图出，水作夜窗风雨来。观山观水皆得妙，更将何物污灵台。”谁也不可否定，佛教的智慧影响了后世哲人，尤其是阳明心学。当年王阳明把心学课堂设在净居寺，其中的原因就是心学与佛教有着共同的领悟之法。不仅如此，心学语境与佛学语境也有惊人相似。比如关于良知与见闻的关系，心学是这样说的，适如王阳明在《答欧阳崇一》所云：“良知不由见闻而有，而见闻莫非良知之用，故良知不滞于见闻，而亦不离于见闻。”佛教是这样说的，如黄檗山断际禅师《传心法要》所云：“但于见闻觉知处认本心，然本心不属见闻知觉，亦不离见闻知觉。”难怪冯友兰说，阳明心学实为禅宗的继续。

过去到青原山，看到阳明书院与净居寺隔溪相望，感觉似是两种文化的对峙。去的次数多了，这种感觉化为乌有，我甚至感到一种儒释守望的亲切。青原文化气象，天蓝云阔，历史的厚赐斑斓多姿。

东方与西方

公元前六世纪至公元前五世纪，东方与西方都处在“哲学结胎的时代”，地球版图的两端呈现两幅不同的图景。在东方，孔子哲学定格仁义道德，仁、义、礼、智、信这些词汇如甘露滋润华夏古国的心灵。在西方，苏格拉底的视野波澜壮阔，虔诚、美德、民主、真理、知识、技能，诸多的词汇，如夜露结晶在希腊的土地上。

孔子时代，诸侯纷争，天下大乱。孟子说：“世衰道微邪说暴行有作，臣弑其君者有之，子弑其父者有之。”春秋时期二百四十年间，共有弑君三十六次。而孟子说的邪说主要是指老子、少正卯、邓析等人的思想。邓析是郑国人，可惜他的书没有传下来，据专家考证《邓析子》一书非邓析所作，只有部分是邓析的思想。如“天于人无厚也，君于民无厚也”，这话与老子的“天地不仁”如出一辙，富含激烈的政治思想。《列子》说：“邓析操两可之说，设无穷之辞。”《吕氏春秋》记载：

洧水甚大，郑之富人有溺者。人得其死者，富人请赎之。其人求金甚多，以告邓析。邓析曰：“安之，人必莫之卖矣。”得死者患之，以告邓析。邓析又答之曰：“安之，此必无所更买矣。”

单看这段文字，已经可以感受邓析的智慧和思想了，这种人物简直同古希腊哲人一般。古希腊的哲人说的正如老子那样激烈，所行的也往往如少正卯、邓析那种遭忌的行为。古希腊的守旧派苏格拉底、柏拉图对那些哲人非常痛恨。这一点与中国的情况惊人地相似。中国的守旧派如孔子视之为邪说，自然也是十分痛恨，所以孔子做司寇时便杀了少正卯。杀人的理由是聚众结社，鼓吹邪说，混淆视听。孔子把自己看成是天下的救世主，在纷乱的天下奔走游说，诲人不倦。他像一只盘旋在天际的雄鹰，无处着陆，最终充满忧伤，飞回齐鲁大地。

苏格拉底比孔子生活的时代晚几十年，与孔子相比，苏格拉底要幸运很多。他生逢其时，正值伯里克利盛世，雅典智者云集，民主制度迎来了新知识和自由辩论的新风尚。直到中年，雅典战端再开，伯罗奔尼撒战争在古希腊的土地上持续了二十七年，这场战争结束了希腊的民主政治，强烈地改变着希腊国家的文化价值，成为希腊历史的关键转折点。斯巴达称霸数十年后，马其顿征服希腊，建立伟大的亚历山大帝国。而这个时代，已经属于苏格拉底的学生们。

苏格拉底熟读《荷马史诗》，把自己看作是神赐给雅典的一个礼物。苏格拉底如一只牛虻，不停地叮咬着雅典慵懒的躯体，最后以侮辱雅典神和毒害青少年思想的罪名，被雅典法庭判处死刑。据说苏格拉底原本可以逃脱，可这位圣人认为，保了自己的命，便损害了法律的尊严。苏格拉底选择死亡，塑造了西方哲学的品格。

东西方两位圣人有许多相似之处。孔子述而不作，这一点与苏格拉底极为相似，这可能与当时书写极不便利有关。孔子正名说与苏格拉底的概念说极为类似。冯友兰先生说，孔子的行为，与希腊之“智者”相仿。孔子的行为及在中国历史之影响，与苏格拉底之行为及在西洋历史上之影响相仿佛。一千多年后，儒家另一位圣人朱熹说的太极，就像柏拉图关于好的概念和亚里士多德说的上帝。相似的语境，表达的却是迥然不同的哲学境界。

诗经时代，窈窕淑女，君子好逑，那是一个心灵自由的时代，这个时代恐怕早了柏拉图《情爱论》几个世纪。对人性的自由，孔子干预了。他提出男女授受不亲的道德观，把女人神秘化，甚至妖魔化，所有的错都强加于女人，演绎了一部部红颜祸水的历史传奇。而男人们对女人的占有则没有底线，这就是中国的性伦理。人性在孔子这儿受到打压，在柏拉图那里却得到张扬。这就是东方与西方。这就是东方与西方人性发展的逻辑。按照这个逻辑走下去，西方自然，东方神秘。西方自由、自愿、文明，东方父母之命，媒妁之言。岂止是东西方性文化的差异，在孔子的著作里，连民主的影儿都不见，有的只是权奴，是一切围绕权力转的工具，人性扭曲在中国思想史上并未受到弹压，一千年之后的朱熹时代反而进一步加强。这是何其悲哀！西方权奴的时代不是没有，当苏格拉底、柏拉图、亚里士多德这些伟大的圣贤出现之后，西方的骨血里就植入了民主的基因。

苏格拉底、柏拉图、亚里士多德直面人性弱点，为人类提供了一种崭新的道德伦理范式。亚里士多德同柏拉图一样，认为城邦高于公民，同时也主张人的个人权利，要求实现城邦和公民利益的平衡，并确立公平正义和交换正义的均衡正义原则。一方面对于不同出身、财产、地位、能力的人要平等对待，另一方面对于特殊的任务也可以分配给予特殊的优待。为此他非常推崇民主制和君主制的结合，在立法问题上实行民主，行政上实行君主制，他希望凭借这种制度在维护城邦整体利益时，保障公民的权益，并提出公权学说。在中国哲学史上，大概除了老子等少数先哲直面政治体制，但无人动摇过君主专制制度，直到近现代，中国在列强欺侮的苦难中才有反思和改观。其实这才是中国哲学永远的痛。

中国古代哲学提供的思想方法，无一不是从生命个体中探究建立社会良好秩序。老子哲学无视人性的贪婪，主张无欲无争，向往老死不相往来的乌托邦，世上哪儿可寻，又岂能救世？孔子哲学正视人性的弱点，用礼的程序去规范人的行为，用仁的道德标准加以约束，应该说是理性的。然而，在充满杀戮和血腥的时代，这些主张无疑是书生意气。这与西方哲学大相径庭，西方古代哲学寻找的是生命群体制衡社会秩序的思想方法。两千多年前西方出现民主的时候，中国的先哲们眼睛盯着民生，以为这就够了。中国先哲们忠君事主，从而放弃了民主。直到五百多年前的明朝，阳明心学泰州学派的兴起，这样的思维定势才逐渐受到挑战。

胡适先生谈及中国哲学中道断绝的原因，有一个全面的论述，摘其要如下：

中国古代哲学莫盛于“别墨”时代。看《墨辩》诸篇，所载的界说，可想见当时科学方法和科学问题的范围。无论当时所造诣的深浅如何，只看那些人所用的方法和所研究的范围，便可推想这一支学派，若继续研究下去，有人继长增高，应该可以发生很高深的科学和一种“科学的哲学”。不料这支学派发达得不多年，便受一次根本上的打击。这种根本上的打击就是庄子一派的怀疑主义。因为科学与哲学发达的第一个条件，就是信师知识的精神，以为真理是可知的，是非是可辨的，利害嫌疑治乱都是可以知识解决的。……到了庄子，忽生一种反动。庄子以为天下本没有一定的是非，“彼出于是，是亦因彼”，“是亦彼也，彼亦是也”。因此他便走入极端的怀疑主义，以为人生有限，而知识无穷，用有限的人生去求无穷的真理，乃是愚蠢的事。……所以我说，中国古代哲学中绝的第一个原因就是庄子的《齐物论》。自从这种怀疑主义出世以后，人人以“不谴是非”为高尚，如何还有研究真理的科学与哲学呢？

在中国哲学史上，朱熹代表着儒家的再一次崛起，他的理学虽然带着某些科学哲学的成分，但仍然没有突破个人修为的界限。与朱熹同时代的西方哲学家罗吉尔•培根想什么呢？实际上，西方的伦理哲学在孔子的时代已经完成，中世纪的欧洲大陆向着科学哲学挺进，处在阿尔卑斯山南麓的意大利，文艺复兴的种子悄悄萌芽。

冯友兰先生对朱熹有一番精辟的言论：

朱子之哲学，非普通所谓之唯心论，而近乎现代之新实在论。惜在中国哲学中，逻辑不发达，朱子在此方面，亦未着力。故其所谓理，有本只应为逻辑的者，而亦与伦理的相混。如视之理，如指视之形式而言，则为逻辑的；如指视应该明而言，则为伦理的。朱子将此两方面合而为一，以一物之所以然之理，亦即为其所应该。盖朱子之兴趣，为伦理的，而非逻辑的。柏拉图亦有此倾向，特不如朱子为甚耳。中国哲学皆多注重此方面也。

我无意比较出东西方哲学及思想文化的优劣，我在《赣江边的中国》一书中说过，文化从本质上讲没有优劣，但文明应有高度。中国古代哲学把个人修身推到了极致，构建了一个修身齐家治国平天下的理想国，在这个王国里最后一位出场的圣贤向我们款款走来，他告诉我们，守护心灵的圣地，就会走向思想的高地。

朱熹的努力

中国人大概都知道太极图，因为它是道教的图腾。在任何一所道观都能看到这样的标志。道教尊老子为祖，是因为老子最先悟得天道。“有物混成，先天地生，寂兮寥兮，独立而不改，周行而不殆，可以为天下母”，这个母绘成图就是太极图。一个圆中，均匀摆布一黑一白两条阴阳鱼，黑鱼有一只白眼睛，白鱼有一只黑眼睛。寓意阴中有阳，阳中有阴。结构、规则、玄机、均衡、圆融，变易和方向赋予圆中，让这个圆灵动而诡秘。我看到现代技术制作的立体太极图，就像是地球运动在宇宙之中，简直妙不可言。

其实，老子并非最早使用太极一词，比老子晚一百多年的庄子，把太极一词用得活灵活现。庄子说：“大道，在六极之上而不为高，在太极之下而不为深；先天地而不为久，长于上古而不为老。”所谓太极就是大至极点。物极生变，因此太极是宇宙变化之源。正如庄子混沌哲学，太极的思维方式和人生态度，看似迷离恍惚，实则充满睿智。人类只有顺应大道至德的规律，无为而无不为，才能达到无所不容的宁静境界。

太极的思想方法源自《周易》，易就是变化。在中国古代哲学史上，《周易》是一种认识论和方法论，并非道家所专有。

儒家鼻祖孔子根据《周易》写成《易经》的诸传，进一步深化了宇宙变化的认识。只可惜这条思想路线，被庄子赋予了太多的神秘色彩，以至于最后沦为宗教的图腾。自北魏至宋初六百年，中国哲学一直没有大气象，“妄佛求仙”的风气经久不衰。佛家以性为空，儒家以性为实。觉悟的北宋哲人反佛崇儒，重拾太极思想，理学这朵奇葩，悄然开在宋代的版图上。

理是什么？理是物质的纹路、层次，理是客观事物本身的次序，理是事物的规律以及是非善恶的标准。“太极是天地万物之理，太极之中万理毕具”，太极是至善的道理，却“不是说有个物事，光辉辉地在那里”，“无极而太极，只是说无形而有理”。理无气则不存，气无理亦不能存。太极是理的最高境界，理上升到宋代哲学的范畴。

据说《太极图》是宋代道士陈抟传出，北宋理学开山祖周敦颐作《太极图说》，阐述太极结构、规则、玄机、均衡、圆融，变易和方向的含义：

无极而太极。太极动而生阳，动极而静，静而生阴，静极复动。一动一静，互为其根。分阴分阳，两仪立焉。阳变阴合，而生水火木金土。五气顺布，四时行焉。五行——阴阳也，阴阳——太极也，太极本无极也。

五行之生也，各一其性。无极之真，二五之精，妙合而凝。乾道成男，坤道成女。二气交感，化生万物。万物生生而变化无穷焉。

唯人也得其秀而最灵。形既生矣，神发知矣。五性感动而善恶分，万事出矣。圣人定之以中正仁义而主静，立人极焉。

故圣人“与天地合其德，日月合其明，四时合其序，鬼神合其吉凶”。君子修之吉，小人悖之凶。故曰：“立天之道，曰阴与阳。立地之道，曰柔与刚。立人之道，曰仁与义。”又曰：“原始反终，故知死生之说。”大哉易也，斯其至矣！

历史等待圣贤出场。到了南宋，朱熹用一根棍子支撑着脚疾走到了理学的高地。在他构建的这个宏大的哲学系统中，一个皇皇太极被论得朴实精到。他不像先哲那样，赋予太极无限神秘，在他那里，太极只是一个好的概念，一个原理而已。万物生成、人物之性、道德修养，抽丝剥茧，层层推进，呈现出哲学史上前所未有的严密逻辑。今天的人对于理和气这样的哲学语境，感觉自然不会亲切，可曾经的时代却津津乐道。我且努力作些肤浅的解读，看看这位圣人要告诉我们什么样的道理。

理是事物的本源。“形而上者，无形无影是此理。形而下者，有情有状是此器。”形而上者，超越时空而潜存，形而下者，显形于时空。譬如舟车，没有舟车时，舟车之理或概念已经存在，人们发现舟车之理，因而造出了舟车。

天地之间有理有气，理是形而上的道，气是形而下的器。人也好，物也罢，秉承这个理才有性，秉承这个气才有形。譬如以砖瓦木石建造房屋，一定先有房屋的形式，然后方可用砖瓦木石去施工。砖瓦木石是形下之器，房屋的形式则是形上之理。气为材料，理为形式，因此世界为气所造作。

太极中有动静之理，气因理而有动静。气流动为阳气，气凝聚为阴气。阴阳是气，五行是质。清者为气，浊者为质。“大抵天地生物，先其轻清，以及重浊。天一生水，地二生火。二物在五行中最轻。金木复重于水火。土又重于金木。”五行之中，先有水火，后有土而成地，构成具体的世界。

气中之理，谓之性。人有性，物也有性。一物之性即一物之理。理完全至善，由于气的作用则不能完全，如圆的概念本是完全的圆，可实际的圆物则不可能是绝对的圆。世界之不完全都为气所累。人有得气之清者，也有得气之浊者。禀气清明者为圣人，昏浊者为愚人。

论至此，朱熹以为，儒家关于性善性恶的问题可以解决了。灵处是心，不是性。性只是理。心能有具体的活动，而理则不能。仁是性，恻隐是情，须从心上发出来。性者心之理，情者心之动。禀气而清者，如宝珠在清水中，禀气而浊者，如宝珠在浊水中。所谓明明德是在浊水中揩拭宝珠，即为修身。

理学家开始人欲与天理的对话。人之性，即客观的理，其中自有道德的原理。“仁义礼智，性也。性无形影可以摸索，只是有这理耳。惟情乃可得而见，恻隐、羞恶、辞让、是非，是也。”人得其理而有其性，得于气而后有其形。性为天理，所谓“道心”。人有气禀之形而起之情，其流而至于滥者，都是人欲，即所谓人心也。人欲亦称私欲。天理为人欲所蔽，如宝珠在浊水中。

那么，天理如何才能不被遮蔽？只有格物才能致知。朱熹说：“所谓致知在格物者，言欲致吾之知，在即物而穷其理也。盖人心之灵，莫不有知，而天下之物，莫不有理。惟于理有未穷，故其知有不尽也。是以大学始教，必使学者即凡天下之物，莫不因其已知之理而益穷之，以求至乎其极。至于用力之久，而一旦豁然贯通焉，则众物之表里粗细无不到，而吾心之全体大用无不明矣。”按照朱熹的理论，天下事物皆有其理，穷天下事物之理，即穷人性中之理。今天格一物，明日格一物，假以时日，终究会有豁然顿悟的时候。

看似严谨的格物修身之道，在经历250年后，王阳明竟然在格物之上看出破绽，并由此诞生心学。或许朱熹想到了终于会有这一天，那场“鹅湖之会”把另一个人推到了哲学的前沿。陆象山提出的“心即理”，“心外无物”的理论，虽然被朱熹驳了回去，但是陆象山依然执著。我的心我做主，我的理心做主。

《宋史•道学传》如是记载朱熹：

朱熹，字元晦，一字仲晦。徽州婺源人。……熹之学，既博求之经传，复遍交当世有识之士。延平李侗老矣，尝学于罗从彦；熹归自同安，不远数百里，徒步往从之……。黄干曰：“道之正统待人而后传。自周以来，任传道之责者不过数人，而能使斯道章颖较著者，一二人而止耳。由孔子而后，曾子、子思继其微，至孟子而始著。由孟子而后，周、程、张子继其绝，至熹而始著。”识者以为知言。

朱熹生于1130年（宋建炎四年），据说出生时右眼角长有七颗黑痣，排列如北斗。本来是一片麻子，可在父亲朱松眼里却是文曲星下凡，所以父亲从未放松对朱熹的培养。朱熹十三岁时，朱松一病不起，弥留之际，请来平生最好的几个朋友，其中三位都是当时学养深厚的名流，郑重地把朱熹托付给他们教育。朋友们很尽心，朱熹十九岁便考中进士，刘勉之还将自己的女儿许配给朱熹。

朱熹一生非常努力，像一架不知疲倦的马车不停地奔跑。年少时勤奋学习，五岁能读懂《孝经》，六岁即指画八卦，向父亲问天问日。中青年开始勤奋著述，三十九岁母亲去世，朱熹建寒泉精舍为母亲守墓，开始长达六年的寒泉著述。五十二岁时，朱熹半生呕心沥血的作品终于完成，《大学章句》《中庸章句》《论语集注》《孟子集注》四书合刊，构成了朱熹完整的理学思想体系。元至明清，《四书集注》成为人们的思想行为规范，并钦定为科举考试的教科书。朱熹一生著作等身，现存25种，600多卷，2000万字。朱熹太富有了，他给中华民族留下了一笔珍贵的文化遗产。

朱熹一生致力布道，创办岳麓书院和白鹿洞书院，均跻身中国古代四大书院，订立《白鹿洞书院教规》，成为世界教育史上最早的规章制度之一。很多人以为，朱熹因为说了“存天理，灭人欲”受到朱元璋的推崇，所以大明一朝“可以污孔孟，未必敢污程朱”，其实朱熹在当时的名望非常高。公元1200年（宋庆元六年）朱熹在血雨腥风的“庆元党禁”运动中去世，四方道学信徒数千人聚集信州，为朱熹举行了盛大葬礼。

何为圣人？圣人就是定规矩做表率的人。庄子可能不太信任圣人，所以他在《脚箧篇》中说：“圣人不死，大盗不止。”

这位怀疑主义哲学家如果还活着，对朱熹应该不会怀疑，因为朱熹做得周到完美。据说朱熹为了让男人不受女色诱惑，发明了“朱文公兜”和“朱文公帘”，妇女出门时不准暴露身体的任何部位，妇女在房间外挂竹帘子，家里来客人了，妇女不能走出帘子，也不能随便向外看。

朱熹去世之后享祀孔庙，位列大成殿十二哲者中。武夷山朱熹纪念馆，殿前大门两侧悬挂着康熙御笔柱联：“集大成而绪千百年绝传之学；开愚蒙而立亿万世一定之规。”无论岁月如何更替，朱熹对中国文化的影响永远不会消弭。

至伟哉。

天籁之声

梳理中国古代哲学史，自然少不了王阳明。之前，我说过中国古代哲学注重个人修养对社会秩序的作用，这一点仍然为王阳明所遵循。我想说的是这仅是一方面。这个方面自然很重要，如果真如王阳明期待的那样，满街都是圣贤，还要警察干什么？从社会管理成本计，这是最节约的。但人非圣贤，孰能无过？如何避免人少犯错或不犯错，这是王阳明心学探讨的问题。

王阳明研究的不是犯罪心理学，而是道德伦理学。人为什么活，人应该怎样活，人活着的价值或者意义在哪？如果继续追问下去，还有诸多人怎么活才会幸福和快乐？所有这些都应该是道德伦理的范畴。我很敬佩儒家的先哲，他给我们提供了一个道德遵循，但是儒家先哲做得还很不够，许多的问题都没有深入讨论，只是给了我们一个概念。

儒家的理想很美，“大学之道，在明明德，在亲民，在止于至善”。明明德就是彰显人的光明德性，在心学语境中就是致良知。亲民，就是孟子说的“老吾老，以及人之老，幼吾幼，以及人之幼”，在心学语境中还是致良知。止于至善，就是心学语境中“以天地万物为一体”的至高境界。人如何达到这样的目标和境界？儒家提供的修身路线是格物、致知、诚意、正心、修身、齐家、治国、平天下。修身是核心，格物、致知、诚意、正心是路径，齐家、治国、平天下是目标，但是物怎么格，知怎么致，意如何达，心何以正？这些问题儒家先哲其实都没有解决好。冯友兰先生说孔子之大不幸，大概说的就是这些。

王阳明有三本书传世，《传习录》《大学问》《王文成公全集》。王阳明43岁时专门从事致良知教育，用的教材就是《大学问》。阳明弟子钱德洪说："《大学问》者，师门之教典也。学者初入门，必先以此授之。"由此可见《大学问》在心学体系中的地位。

《大学问》云：

大学者，昔儒以为大人之学矣。敢问："大人之学，何以在于明明德乎？"

阳明子曰："大人者，以天地万物为一体者也。其视天下犹一家，中国犹一人焉。若夫间形骸而分尔我者，小人矣。大人之能以天地万物为一体也，非意之也，其心之仁本若是，其与天地万物而为一也。岂惟大人？虽小人之心亦莫不然，彼顾自小之耳。是故见孺子之入井，而必有怵惕恻隐之心焉。是其仁与孺子而为一体也。孺子犹同类者也，见鸟兽之哀鸣觳觫，而必有不忍之心焉，是其仁之与鸟兽而为一体也。鸟兽犹有知觉者也，见草木之摧折，而必有悯恤之心焉，是其仁之与草木而为一体也。草木犹有生意者也，见瓦石之毁坏，而必有顾惜之心焉，是其仁之与瓦石而为一体也。是其一体之仁也，虽小人之心亦必有之，是乃根于天命之性，而自然灵昭不昧者也，是故谓之明德。小人之心既已分隔隘陋矣，而其一体之仁犹能不昧若此者，是其未动于欲，而未蔽于私之时也。及其动于欲，蔽于私，而利害相攻，忿怒相激，则将戕物圮类，无所不为，其甚至有骨肉相残者，而一体之仁亡矣。是故苟无私欲之蔽，则虽小人之心，而其一体之仁犹大人也。一有私欲之蔽，则虽大人之心，而其分隔隘陋犹小人矣。故夫为大人之学者，亦惟去其私欲之蔽，以自明其明德，复其天地万物一体之本然而已耳。非能于本体之外而有所增益之也。”

曰：“然则何以在亲民乎？”

曰：“明明德者，立其天地万物一体之体也，亲民者，达其天地万物一体之用也；亲民者，达其天地万物一体之用也。故明明德必在于亲民，而亲民乃所以明其明德也。是故亲吾之父，以及人之父，以及天下人之父，而后吾之仁，实与吾之父、人之父、与天下人之父，而为一体矣。实与之为一体，而后孝之明德始明矣。亲吾之兄，以及人之兄，以及天下人之兄，而后吾之仁，实与吾之兄、人之兄、与天下人之兄，而为一体矣。实与之为一体，而后弟之明德始明矣。君臣也，夫妇也，朋友也，以至于山川鬼神鸟兽草木也，莫不实有以亲之，以达吾一体之仁，然后吾之明德始无不明，而真能以天地万物为一体矣。夫是之谓明明德于天下，是之谓家齐国治而天下平，是之谓尽性。”

曰：“然则又乌在其为止至善乎？”

曰：“至善者，明德亲民之极则也。天命之性，粹然至善，其灵昭不昧者，此其至善之发见，是乃明德之本体，而即所谓良知也。至善之发见，是而是焉，非而非焉，轻重厚薄，随感随应，变动不居，而亦莫不有天然之中；是乃民彝物则之极，而不容少有议拟增损于其间也。少有议拟增损于其间，则是私意小智，而非至善之谓矣。自非慎独之至惟精惟一者，其孰能与于此乎？后之人惟其不知至善之在吾心，而用其私智以揣摸测度于其外，以为事事物物各有定理也，是以昧其是非之则，支离决裂，人欲肆而天理亡，明德亲民之学，遂大乱于天下。盖昔之人固有欲明其明德者矣，然惟不知止于至善，而骛其私心于过高，是以失之虚罔空寂，而无有乎国家天下之施，则二氏之流是矣。固有欲亲其民者矣；然惟不知止于至善，而溺其私心于卑琐，是以失之权谋智术，而无有乎仁爱恻怛之诚，则五伯功利之徒是矣。是皆不知止于至善之过也。故止至善之于明德亲民也，犹之规矩之于方圆也，尺度之于长短也，权衡之于轻重也。故方圆而不止于规矩，爽其则矣；长短而不止于尺度，乖其剂矣；轻重而不止于权衡，失其准矣；明明德亲民而不止于至善，亡其本矣。故止于至善，以亲民，而明其明德，是之谓大人之学。”

明德的本体是良知，明明德亲民是良知，但是怎么致良知，岂能“影响恍惚而悬空无实”？意在仁民爱物，仁民爱物便是一物。意在于视听言动，视听言动便是一物。孔子讲礼，以仁为目标，提出“非礼勿视，非礼勿听，非礼勿言，非礼勿动”这个范。如何去实现这个范，孔子学说中没有，孔子的弟子们同样没有去做，但王阳明做了。应该说，这是王阳明对儒学的贡献。王阳明说：“格者，正也；正其不正以归于正谓也。正其不正堵塞，去恶之谓也；归于正者，为善之谓也。”格之既久，一切私欲障碍皆除，而明德乃复其天地万物一体之本然矣。冯友兰先生评价说：“此王阳明所谓尧舜之正传，孔氏之心印也。”

什么是良知？孟子所谓恻隐之心，是非之心等四端，即是本心之发现，也就是良知。即此而扩充之，实行之，即是致良知。王阳明说：“人心是天渊，心之本体无所不该。原是一个天，只为私欲障碍，则天之本体失了。如今念念致良知，将此障碍窒塞一齐去尽，则本体已复，便是天渊了。”

良知是知，致良知是行。知是行的开始，行是知的结果。行的过程就是去除私欲障碍，只有行，良知才能得以完成。实际上关于知和行的认识，王阳明还有作为心理学方面的含义，知是行的过程，行也是知的过程，这样的认识，丰富了知行合一的内容。也就是说王阳明的知行合一，不是简单的理论与实践的问题，这是王阳明心学不同于其他哲学的显著标志。阳明心学的智慧闪亮在细微处，对于每个生命个体，这些智慧尤其珍贵。

阳明心学没有宏大的系统，太极原理这一部分大概省去。但阳明心学学理完整、严密，语言简易、直截。过去我一直认为，阳明心学是典型的唯心论，现在我不这样看，我以为阳明心学作为实用主义哲学更贴切。依王阳明的理论，人的良知或者天理作用于事事物物，则事事物物皆得其理。“心之体，性也。性即理也。故有孝亲之心，即有孝之理；无孝之心，即无孝之理。有忠君之心，即有忠君之理；无忠君之心，即无忠君之理”。无心即无理，无论在事实上，还是在逻辑上，都可以站住脚。相比之下，朱熹理论要复杂得多。太极作为一种认识论，从微观上看，人人都是一太极，物物都是一太极，从宏观上看，太极是众理之和。人具众理而应万事，格物才能穷理。心与理断然分开，理若不与心合则无心，心虽无而理自常存。理离心而独存，有孝亲之理才有孝亲之心，有忠君之理才有忠君之心。虽然这种情况事实上存在，但这或许不是本心，至少不是自觉的良知。阳明的智慧让人折服。

良知的维度为阳明心学所关切。人活在世上不牺牲他物，维持不了生命，叔本华说，人生很矛盾，同情心谁都有，而人为了生存必须牺牲他物才能维持。佛家讲慈悲，不食肉，但不能不进粮食瓜果蔬菜。人以万物为一体，怎么能这样做呢？王阳明的解释是，人的良知在相当范围内是自私的。区别对待事物，何者宜厚，何者为薄，良知能够给人做出判断。王阳明在《大学问》中又说："至善之发现，轻重厚薄，随感随应，变动不居，而亦莫不自有天然之中。"儒家之仁乃所谓恻隐之心之自然发展，不像墨家兼爱，从功利主义出发。王阳明致良知学遵循恻隐之心自然发展的逻辑。

一切外物本来没有善恶之分，情顺万物而无情。所谓恶，是人的情欲发展过当，若不过当，情欲本身并非是恶。圣人之心明镜似的，"廓然而大公，物来而顺应"，当喜者喜之，当怒者怒之，而本体虚明，对于所喜所怒之物，毫无沾滞执著，所以不为物所累。良知超越意识形态，是人之本体对于善恶的认知。同样是修身的学问，心学不同于程朱理学，因为反对"灭人欲"，成为明朝思想解放的先驱。

循良知之自然，草有妨碍，理应去之。虽终日有为而心常如无为，所谓动静合一。动静合一，乃是真静，绝对的静。动亦定，静亦定，乃是真定，绝对的定。“天理常存，而昭明灵觉之本体，无所亏蔽，无所牵扰，无所恐惧忧患，无所好乐忿懥，无所意必固我，无所歉馁愧怍。和融莹彻，充塞流行；动容周旋而中礼，从心所欲而不逾，斯乃所谓真洒脱。”心里充满光明，人的生活才会充满阳光。且听那发自天籁的声音：

天地虽大，但有一念向善，心存良知，虽凡夫俗子，皆可为圣贤。

第五章 / 生命的姿态

问道德者不计功名，问功名者不计利禄。

——王阳明

青原情结

当年王阳明离开青原时，弟子们是那样的不舍。先生就像是一个过客，匆匆而来，又匆匆而去。七个月太短，先生把种了播下，苗才冒芽，离开花还早哩。回眸青原，王阳明心里就一句话，我和你有缘，我们还会见面。

苦尽甘来用在王阳明身上再合适不过。龙场驿三年磨难之后，他终于迎来了仕途上的春天。1510年（明正德五年）赴任庐陵知县，七个月后升任南京刑部主事，很快又调北京吏部主事，然后是南京太仆寺少卿，到1516年（明正德十一年）竟然当上了都察院左佥都御史，奉命巡抚南赣。短短六年，一晃成为朝中三品大员。王阳明一生创造了太多奇迹，升官速度之快恐怕算得上一个奇迹。

王阳明的善缘来自朝中两位大员。一位是正德朝的牛人杨一清。看中王阳明日后能挑大梁，暗中刻意提拔。另一位是兵部尚书王琼。此人外表圆滑，跟什么人都处得非常好，这其中当然也包括奸佞小人，为此常被正人君子耻笑。但王琼内心正直刚毅，而且能力很强，为正德朝办了不了好事。王琼坚定地认为王阳明堪当大任，暗中给予提携帮助。1517年（明正德十一年）王阳明被派巡抚南赣，目标“剿匪”。一个哲学家，手无缚鸡之力，真能堪此重任？

江西是宁王朱权的封地，朱权是燕王朱棣的弟弟，当年弟弟被哥哥忽悠去南京靖难，说好事成平分天下，可朱棣坐上龙椅忘记了先前的承诺。弟弟求哥哥去杭州不成，去武昌不行，最后被封在南昌。于是仇恨的种子便一代代传递，到了宁王朱宸濠，决心与朝廷亮剑。江西匪患猖獗，这些所谓的匪实际上就是宁王的地下武装。平日里盘踞山里，欺男霸女，到宁王需要时，就是王府的正规军。

两年剿匪，赣南大山里到处可见王阳明的身影，他伸出两手，一手威胁拉拢打击土匪，一手推行“十家牌法”，巩固群防群治体系，这两手出去非常奏效，土匪土崩瓦解。真正的哲学家了不起，看问题精到，解决问题独到。在赣南王阳明实践知行合一，体认知行合一以至炉火纯青的境界。事实证明王琼极有眼光。

1519年（明正德十四年）六月，朱宸濠杀了江西巡抚孙燧，司马昭之心已是路人皆知。在南昌与孙燧别过，王阳明就料定有这个结果。此刻王阳明正逃离虎口，但危险正一步步向他逼近。到达临江时，景象已是混乱不堪，路上行人携家带口正在逃离，临江知府戴德孺也忙着收拾包裹准备逃避。看到王阳明，这位正直的知府立即扔下包裹，决心与王阳明一起平乱。但他心里疑惑，王巡抚无一兵一卒如何平叛？

要说又是明朝体制。一般开国皇帝都会定下规矩，以保江山永续。朱元璋为他开创的王朝作出了顶层设计，一是取消宰相，设立内阁，由一个人说了算变成一帮人说了算；二是中央掌握军队，不允许地方有武装力量，只保留少许维持秩序的警察（捕快），三是设立皇家情报机构（东厂、西厂），以确保皇家利益。这三条从理论上讲应该是科学的，问题是好设计需要好人去实施，执行不好效果差，执行偏了或许种瓜得豆。

人们或许疑惑，宁王要反，这么大的事江西巡抚为何事先不向朝廷报告？问题是向谁报告，报告了有没有用。谁都知道，对于有良知的官员，江西简直就是死亡之地，几任江西巡抚都在任上死得不明不白，朝中官员谈赣色变。宁王朱宸濠为了这一举，已经做了多年的准备，他在朝中送银子拉关系，不知多少大员收过他的银子，就连首辅杨廷和也不例外。宁王要反，朝中谁不清楚？可是当权者谁也不会捅破这张窗户纸。明朝的腐败莫过于此。

赣江边上的临江已经可以闻到死亡的气息。然而，王阳明是镇定的，因为他早有平叛的预案。此刻，他跟身边人说的都是这几句话：有我就够了。有我在你莫怕。到了庐陵我将拥有平叛的实力。他凭什么如此自信？此前他向老上级兵部尚书王琼要了旗牌，有了这东西可以调兵，然而地方武装有多少人枪？或许在他的心里有一种信念，他相信自己在庐陵的号召力。因为他在青原播下了致良知的种子。六年过去了，这颗种子应该结下丰硕的果实。

王阳明与青原有缘。赣南剿匪，忙得够呛，虽然没有资料显示王阳明到过青原讲学，但是青原讲会不断有人去赣州拜师。现在王阳明终于来了，不过这一次他既不能与弟子们去净居寺静坐，也不能给弟子们讲授致良知学，这一次他要带着弟子们为国靖难，平定宁王叛乱。

体认良知，拷问心灵，生死考验摆在面前。如王阳明所愿，吉安知府伍文定成为他最得力的助手，此人原籍湖北，强悍无比。青原弟子邹守益、张鳌山、刘蓝、刘照、王懋中等数十人随他出征，而他们的弟子的弟子又有多少集合到了平叛的队伍？很短的时间里，赣州、宜春等地的人马都汇集庐陵，庐陵成为王阳明平叛的大本营。

七月太阳如火，炙烤大地。这支没有经过训练的队伍，凭良知和报国热忱，跟着王阳明这位天才的将领，转战九江、南昌，只几个回合，到七月底就成功捉拿宁王朱宸濠，前后用时不过三十五天。宁王之乱得以平息，圣人的智慧与美名传遍天下。

青原是个好地方，成就了王阳明一世英名。在接下来的日子里，王阳明又开始总结和发展他的心学。“只念念要存天理，即是立志。能不忘乎此，久则自然心中凝聚。犹道家所谓结圣胎也。此天理之念常存。驯至于美、大、圣、神，亦只从此一念存养扩充耳。”王阳明道破人生至境，诠释知行合一最美篇章。

在王阳明的心里，似乎感到还要重返青原。根据王阳明《王文成全书•年谱》记载：1520年（明正德十五年）六月如赣，八月至吉安，游青原山，和黄山谷诗，遂书碑。陪同他游青原的是他的大弟子邹守益。从他们的诗文中，仍然可以品味出他们内心与净居寺的心灵感应。

王阳明《青原山次黄山谷韵》诗云：

咨观历州郡，驱驰倦风埃。
名山特乘暇，林壑盘萦回。
云石缘欹径，夏木探层隈。
仰穷岚霏际，始睹台殿开。
衣传西竺旧，构遗唐宋材。
松风溪溜急，湍响空山哀。
妙香隐玄洞，僧屋悬穷崖。
扳依俨龙泉，陟降临纬阶。
飞泉泻灵窦，曲槛连云榱。
我来慨遗迹，盛事多湮埋。
邈矣西方教，流传遍中垓。
如何皇极化，反使吾人猜。
剥阳幸未绝，生意存枯荄。
伤心眼底事，莫负生前杯。
烟霞有本性，山水乞归骸。
崎岖羊肠坂，车轮几倾摧。
疏散麋鹿伴，涧谷终追陪。
恬愉返真澹，闻寂辞喧豗。
至乐发天籁，丝竹谢淫哇。
千古自同调，岂必时代偕。
珍重二三子，兹游非偶来。
且从山叟宿，勿受役夫催。
东风上烟月，夜景方徘徊。

邹守益《待阳明先生游青原次韵》诗云：

道人爱丘壑，仙标绝氛埃。
平原与文山，大字犹昭回。
炯然忠义气，相照烟霞隈。
我行蹑飞舄，云关恍洞开。
深林却炎威，中有开元材。
版桥喷玉虹，峡束湍声哀。
扫石玩急流，扪萝瞰崇崖。
冠欹穿篁篠，步滑缘松阶。
散目憩层楼，劫火失雕榱。
金刚有坏火，矧复叹沉埋。
稍喜年初熟，禾役拥田垓。
翻思在军中，枭狼正相猜。
祝融似幸祸，淫毒枯陈荄。
今日胡不乐？胜境款清杯。
冲情齐宠辱，达观忘形骸。
由来青蚪驾，羊肠岂易摧。
逝将精琼靡，杖几终参陪。
朝揽庐峰秀，夕泛海涛豗。
觱矣东山墩，不离歌舞哇。
怀哉醒心亭，幸以文词偕。
皇极平如砥，车马谁往来？
迷复亦已远，况乃岁月催。

步趋迫逸响，征轴敢迟徊？

在王阳明一生中还有一次平叛的历史，奇的是他人未到，叛乱的首领就降了。归途中王阳明一病不起，逝于江西南安。

王阳明（1472—1529年），名守仁，字伯安，谥文成，因筑室阳明洞，世称阳明先生。出身于书香门第、官宦世家，其父王华为成化十七年（1481年）状元，做过礼部侍郎。王阳明20岁中举人，28岁中进士，授刑部主事和兵部主事。正德元年（1506年）因得罪宦官刘瑾，被贬至贵州龙场做驿丞。三年后刘瑾被诛杀，王阳明调任庐陵知县，后为南京刑部主事，此后屡次升迁。正德十一年，巡抚南赣，平定宁王之乱，被敕封为新建伯。嘉靖七年（1529年）病逝于江西南安。隆庆时追封“新建侯”。万历十二年（1584年）从祀于孔庙。

历史给王阳明做了如下结论：他是一个高尚的人，一个纯粹的人，一个有道德的人，一个脱离了低级趣味的人，一个有益于人民的人。

问道德者不计功名，问功名者不计利禄。王阳明是一个真正的圣人。

天姿纯粹

昨日小满，今天天气晴好。汽车在高速公路上飞驰，田野和村庄在车窗前掠过，晴朗的天空下万物生长。

每一次踏上安福的土地，总能感受苍黄的厚重。山峰与溪流的信息装进古樟的心里，沉甸甸的。赣中福地，地肥养人。四百五十年前，邹守益领袖江右王学声名显赫。

这一次我要寻访邹守益的故里。引领我们的是山庄乡的女乡长。她很热情，早早地和村干部候在路边。见了面，村干部建议我们先看看邹守益墓。原来我们停车的地方，对面正是雅岭枫树坑，邹守益就葬在那里。

穿过一垅田，到了山下，远远地看到半山腰山脊上一座孤零零的坟墓。上山没有路，我们在柴草中跋涉。看似不远，走起来却气喘吁吁，还没走一半就不想再走了。还是那位女乡长鼓励说，我也是第一次来，既然来了，还是上去看看吧。

邹守益墓与我看到的这一时期的墓规格要高，难怪这座墓葬被盗墓者挖了不止一次。安福县博物馆文物普查资料如是描述：

邹守益墓位于江西省安福县山庄乡新背村洋屋里自然村雅岭枫树坑的山场上，坐东面西，建于明代，墓多次被盗，存石碑一块，刻有“文庄公神道碑铭”，落款是“孝男善養　盖孙德源德泳等立启”，立碑时间是“□□□四年庚午仲夏吉旦”。神道碑宽90厘米，高2.8米。墓圈前依稀可见三级拜台，每级宽1.6米，长6米，墓圈长4.8米，深5.6米。

这地方是山区，纵然站在高处，也看不到多远。山坳里一垅田郁郁葱葱，房屋依山而建，稀稀拉拉，看不到规模还大的村庄。邹守益就从这儿走出去的吗？四百多年了，一个英灵静卧于此，连一条上来祭拜的路也没有，的确出乎我的意料。

邹守益热爱这个地方。他在世七十一年，二十岁考取进士离开家乡进入官场，忽而在朝，忽而赋闲在家，我估摸着，期间大约不少于二十年在家乡。五十岁不到罢官回家，永远地不走了，淡淡地度过人生最后的二十年。如此算来，他一生在朝的时间还不到十年。一首题为《斋居夜怀》的诗，写的是他晚年在家乡的生活。诗云：“斋署清无寐，半窗新月临。披衣沾夜气，隐几洗尘心。云敛三阶净，庭虚万籁沉。独怜多疢疾，辗转发乡吟。”一个可爱的老头，白天与大山对话，夜晚与月光作伴，眼睛里没有一点点灰尘。《明史•儒林传》用“天姿纯粹”四个字表现邹守益，让我眼睛为之一亮。

纯粹是一种姿态吗？纯粹如果是一种姿态，那就是一种人生的境界，出门如宾，承事如祭，不杂尘俗。这不正是这位理学家一生坚守的“慎独主敬”么？这样的姿态如苍松傲然屹立，如青石僵而不死，如此动人，何其纯粹。

在邹守益墓前，捉摸着神道碑上那些看不起的文字，对我而言，这样的文字显得多余。无论邹守益做了多大的官，都不比纯粹价高。何况他根本就做不了官僚。

1524年（明嘉靖三年），朝廷爆发争论皇帝生父尊号的事件，史称“大议礼”，邹守益上书，指责皇上违背古训，建议皇上信用忠臣，惩处奸党。嘉靖那时心气正高，哪受得了这样的指责？清代黄宗羲在《儒林学案》中记载：上疏忤旨，下诏狱，谪广德州任通判。虽然邹守益在议礼中挨了板子，值得同情，但他也表现出理学家的古板和不近人情。嘉靖认亲爹合情合理，难道认亲爹这个欲也过了吗？而理学家维护的则是封建正统，难怪心学分出若干学派。

其实，邹守益在官场压根没机会表现，唯有一次当地方官的经历，是“大议礼”挨了板子之后贬谪广德州任通判。广德位于苏浙皖三省八县交界的地方，地方偏僻，民智未开，而他管的又是粮运、家田、水利和司法一摊子事，跟教育一点搭不上边。两年多的时间里，毁淫祠，建书院，教化民众，他不管不顾，干得有声有色。离开广德州后，士民为颂扬他的功绩，立生祠以祀之。教化的力量何其大。我现在似乎能够理解“慎独主敬”，它是一种内心的淡定，大山崩于眼前而无畏；它是心灵的始发站，也是遥远的终点。

邹守益（1491—1562年），字谦之，号东廓，今江西省安福县山庄乡人。著名理学家、教育家。正德六年（1511年）探花，历任翰林院编修，广德州通判，南京吏部考功郎中、司经局洗马，太常少卿兼侍读学士，南京国子监祭酒。隆庆初年，赠南京礼部右侍郎，谥号文庄。著有《东廓文集》《诗集》《学豚遗集》等。今有《东廓邹先生遗稿》传世。

下山不比上山易。在这样的山路上行走，视线须臾不敢离开脚下。但我听到大家还议论着邹守益墓的盗洞，那盗贼也太没文化了吧？“解琴时一抚，天地共知音”，一个与天地知音的儒者，一个德化世间一切恶的圣贤，一个鼎鼎大名的理学家，他能给盗贼机会吗？

做官非我意，唯愿良知存。这样的梦想比天大，比地博。1511年（明正德六年），邹守益考中进士，初授翰林院编修，仅一年父亲亡故，他回家丁忧。期间赴赣州谒见王阳明，两个人辩论良知学，邹守益恍然大悟：“道在是矣。”拜王阳明为师，老师对学生也是大加赞赏，赠诗曰：“君今一日真千里，我亦当年苦旧迷。”只恨相见太晚，从此邹守益成为王阳明的高足，再无心进入官场，跟着老师平定宁王之乱，一圈下来，朝廷的年号都改了。王阳明死后，邹守益痛不欲生，称病再次回到家乡，悉心编撰《王文成公年谱》。这是学生对老师的一份虔诚，也是一个圣贤与另一个圣贤的对话。

邹守益一生中有六十年在办教育，他是名副其实的教育家。他一生竭力维护的正是王学的正统和纯洁。在安福办惜阴会、复古书院，在青原搞讲会，汇集四方儒士，研讨师说，抑制流弊，使青原成为闻名全国的学术盛会之地。邹守益无愧为江右王门的掌教者和最得阳明真传的继承人。邹守益死后，隆庆皇帝给他送了一份礼物，赠南京礼部右侍郎，谥号文庄。庄者纯粹。

坐车去邹守益故里，路不好走，一路颠簸，在一个大疙瘩前，领头的车停下来了，这儿就是洋屋里。这是洋屋里吗？我能看到什么呢？长长的山坳里，房屋依山脚零星排列，没有宗祠，没有古建，感受不到丁点的文化氛围。在村里当干部的小邹指着路边的山包说，邹守益过去住的房子就在这一带。凝视这山这树这田畴，我在想消逝的再也不会回来的。历史一个劲往前走，能否在这儿歇歇脚？

寻访邹守益故里，我似乎有些失望。邹氏在安福曾是名门望族，自明朝弘治以来的一百年间，邹氏四代出了七名进士，五名举人。如此兴盛的一个家族怎么会连一座宗祠都没有呢？这是否与邹守益在广德州拆毁宗祠有关呢？

一个圣贤可以与天地同在，对于芸芸众生需要记忆。

春风花柳快兹行

五月的天气阴晴不定，决定去永丰的时候，天气还晴朗着，等到了永丰县城，天突然下起了雨。聂豹故里聂家村就在永丰县城，城市化包围了村庄，村庄里的一切都变了形，我似乎为这次寻访感到失望。

下了车，聂豹的族人领着我们在一块很大的菜地里穿行，地上已有积水，鞋子上沾满泥泞，茄子辣椒秧上的雨水扫在我们的裤腿上，竹子架起的豆角棚挡住了我们的视线。只听到老聂在前面说，这一片是古代永丰县治所在地，也是永丰最繁华的地带。他手指左边叫我们看，那是永丰的古城墙，望过去果然看到起自恩江岸边的古城墙，但损毁十分严重，墙上好像还有乱七八糟的屋子，晾在屋檐下的衣服此刻迎风招展。

终于停下脚不走了。菜地里有一对石狮，高大威猛。老聂介绍，看到吧，这里原是聂豹的故邸，过去这里是尚书第，后面的街口还有尚书府衙。我突然就迷惑了，聂豹是嘉靖年间有名的廉吏，他不能在老家既有府第又有行营吧？太不可思议了。老聂显然没有在意我的关切，继续介绍，永丰解放时这些建筑都还在，那时我大约七八岁，在里边捉过迷藏。后来建县政府，这些建筑被全部拆毁，县城也跟着不断西移。他从一个文件袋里拿出一张草图递到我们面前，说这是我退休后根据儿时的回忆画的。如果老聂的回忆没有太大问题，这两处府第也太堂皇了。

雨很大，没办法在这土地里掏出一块残砖。但我心里的惆怅就像这下个不停的雨绵长。每一次改朝换代都意味着对文化的一次洗劫，洗劫过后，在许多人的心里留下太多的遗憾和痛。人们在不断的回忆中，怀疑这样的洗劫真有必要吗？对待文化的粗暴，在我们民族的心灵里已经结了厚厚的痂。而此刻浮现在我脑子里的，则是这位理学家人生的一幕幕。

1517年（明正德十二年）聂豹任华亭知县，那是他进入官场的第一站，一上任就遇上发大水，灾情严重，百姓苦不堪言。他带头捐款，夫人陪嫁的手镯都拿出去当了。在监察御史任上，从1525年（明嘉靖四年）起，间间断断干了整整十多年，上疏斥指司礼监张佐违诏招收内监工，弹劾兵部尚书金献民、兵部侍郎郑岳接受边将贿赂，让贪官污吏罪有应得。1530年（明嘉靖九年）在苏州知府任上，重拳打击地方黑恶势力，革除赌博陋习。此时王阳明已经去世四年，他请浙江阳明弟子作证，设师位而拜，成为王门弟子。服膺心学，坚守良知。

聂豹的结在平阳任上。平阳在晋南，府治在临汾。那地方远不如苏州富庶，就是因为平阳这段经历，居然把聂豹送进了牢房，最后落职回家。1534年（明嘉靖十三年）聂豹上任平阳知府，因平息俺答有功，受到皇上褒奖，佥事许勉仁没有得到犒赏，以为是聂豹从中作梗，诽谤聂豹贪污。皇上派人来查，聂豹态度不好，“坚卧不出”。或许在聂豹看来，没做亏心事，不怕鬼敲门，可钦差不这样想，你不把我当回事，我就查你个底朝天。这一查三四年，什么问题也没查出来，可把聂豹折腾得够呛。这才开始哩，没想到1547年（明嘉靖二十六年）在陕西按察使任上，抨击达官显贵，这些人怎肯坐以待毙，可又不知从何下手，多年前平阳那些事又被翻出来。而且这一次首辅夏言干预了，他先将聂豹逮捕下狱，然后再派人去平阳查，结果还是查不出什么问题。具有讽刺意味的是，夏言不久也成了权力攻击的靶子，在狱中两人相见，并非怒目以待，聂豹与夏言谈论心学，夏言感动说，吾愧见双江（聂豹字双江）。次年聂豹出狱，夏言暴毙。历史不缺冤魂，可是正义永恒。

平阳是聂豹心里永远的痛。如果没有徐阶他早就归隐田园。还在华亭时，聂豹偶然遇见乡试落第的徐阶，把心学传授于他。后来徐阶考上功名，干得有声有色。此刻在吏部尚书的高位，看着老师落难岂有不拉之理？1550年（明嘉靖二十九年）俺答犯京，徐阶借机向嘉靖皇帝推荐聂豹。古代官场讲究门生故旧，这一套很厉害，小人需要，君子也需要，皇帝都害怕，流弊至今，乃中国文化之大观。聂豹被学生拉上岸，从兵部右侍郎，到兵部左侍郎，最后官居兵部尚书。1555年（明嘉靖三十四年）明知皇上有旨，仍然上疏反对遣官祭告海神，劳民伤财，重扰地方，最终受到降俸二级、勒其罢官处分。折腾了一生，聂豹也该休息了。

聂豹是个能吏，在华亭任上，清理寺田以备赈恤，核官籍以均徭役，考核官员以励风节，整肃贪腐，建章立制，肃清夙弊。任佥都御史巡抚顺天稽查马政，首倡养马承包责任制，既为朝廷多输送马匹，又减轻农民负担。在兵部上疏筑北京外城墙，东起东南角楼，西至崇文门，这一工程，在当时有效强化了京城防御，在今天也为北京留下了一道文化风景。

聂豹（1486—1563年），字文蔚，号双江，今江西省永丰县恩江镇人。正德十二年（1517年）进士，授华亭县令，升御史，历官苏州、平阳知府。嘉靖二十九年（1550年）任兵部右侍郎，改左侍郎，嘉靖三十一年（1552年）任兵部尚书，加太子少保，嘉靖三十四年（1555年）上疏反对增设巡视福建大臣和开放沿海互市，勒其罢官闲住。著有《困辨录》《双江集》等，是明代著名廉吏，卒后谥号贞襄。

我是看了不少聂豹的资料才去的永丰。至于聂豹家里的两处府第让我十分意外。聂豹回乡后，倡导乡规民约以厚风俗，他奔波于永丰和青原之间。“春风花柳快兹行，衣帽翻令俗人惊。真乐何妨惟我在，斯人还只共心明。”聂豹是个廉吏，死后谥号贞襄，是耕耘净土的意思吗？动静无心，内外两忘，这不正是聂豹主张和坚守一生的良知吗？

雨似乎越下越大，从田野回来，我在想聂氏是大族，怎么可能没有一处祠堂呢？或许那两处府第正是他的后人和门生为纪念聂豹而建。汽车在雨中穿行，轮胎溅起水花，摩擦的声音沙沙响。

白云圣洁

蜀水在洲头岔分两头，绕着洲进入赣江。蜀口洲很大，与赣江江心岛不同，蜀口洲土地肥沃，古树参天，生态优美。可以种水稻、花生、豆子、西瓜，栽种茶叶的历史也十分悠久。洲上人说，蜀口洲是一片黄金叶，美着哩，金贵着哩。“树影翠浪涌，花落彩虹流”，两行优美诗，是王阳明留给蜀口洲永恒的记忆。

我去的欧阳德故里位于蜀口洲的南端，从航拍图上看，蜀口洲像一只展翅的雄鹰，欧阳氏居住的蜀口村正好在雄鹰的翅膀上，似乎预示村庄必有腾飞时。从永乐到嘉靖一百多年的时间，蜀口村出了二十一个进士，这样的考绩恐怕全国绝无仅有。

崇德堂建于1411年（明永乐九年），欧阳氏向前来参观的人无不骄傲地介绍，崇德堂比北京故宫还早九年哩。其实有没有必要同故宫比，值得商榷，但这座宗祠当真了得。祠堂长五十多米，宽十多米，三进六厢，分印台、前院、门楼、天井、主殿、藏书阁。祠堂内挂着许多功名牌匾，依次是“五经科第”、“朝天八龙”、“宫保尚书”、“二十一进士”、“奕世翰林”、“鸣阳三凤”。“五经科第”指的是欧阳氏广字辈的五个族兄弟。“朝天八龙”指的是欧阳氏崇字辈的八个族兄弟，其中包括欧阳德。“宫保尚书”说的是欧阳德的两个官职，一个是太子少

五经科第

保，另一个是礼部尚书。“二十一进士”匾额正中书写“进士”两个大字，左右刻录二十一位进士的名字。“奕世翰林”指的是八位进士先后就职翰林院。“鸣阳三凤”指的是欧阳广洙、欧阳广洛、欧阳广淘三兄弟登科中举，官居七品以上。如此宏大气象让人眼界大开，羡慕不已。

欧阳氏说崇德堂风水好，传说崇德堂破土动工那天，铁拐李变成一叫花子，前来讨酒喝，主事的没有怠慢他，铁拐李酒足饭饱之后，扔下一句话：“多蒙赐筵，无以为报。祠堂大门按我座椅的方向定位，往后举族必旺。”族人以为遇到神人，岂能不依？我在青原听过的陂下三折身祠堂的传说，在这里被复制，或者说崇德堂的传说在陂下被复制。但不管谁复制谁，中国民间风水神话大放光彩。人们敬天敬地敬自然，源于风水信仰，这种心灵寄托，正如宗教值得人们尊重。

蜀口村欧阳氏祖居万安县百嘉镇栋背村，北宋末年其中一支迁入蜀口洲。我在百嘉镇工作多年，非常熟悉栋背，按说栋背村比蜀口村的历史早几百年，应该也有不凡记忆。然而在这个村庄看不到一棵古树，或一处老古的建筑，村庄历史像是无痕。相比蜀口村真是天上地下两重天。

进士匾额

一方水土养育一方人。其实滋养人的还是文化，文化育人，亘古不变。蜀口村另有一处古建筑，名为复亨堂，是村庄的书院，建筑年代比崇德堂要早许多。堂内两边厢房是两间小书屋，绕过天井是大厅，两边柱子上有一副楹联：“春涌夏耕秋礼冬书四时周孔；仁人义士忠臣孝子一家唐虞。”活脱一幅耕读世家的图景。当年解缙落魄时曾在洲上小住，诗留蜀口：“日望赣江千帆过，夜观蜀口万灯明。”村庄的夜漆黑宁静，哪来的万灯明？解缙所指莫不是挑灯夜读的学子？

欧阳氏介绍，现在看到的“复亨堂”三字为王阳明手书，我听过甚为疑惑。原来，王阳明做南赣巡抚时，还没有进京考功名的欧阳德，专赴赣州谒见王阳明，拜其为师，王阳明平定宁王之乱重回青原时，欧阳德赶赴青原邀请老师到家乡讲学，授课之余王阳明为书院题字。往事如烟，斯人已逝，惟其德馨。

在王阳明四大弟子中，欧阳德经历相对简单，却是非同寻常。1523年（明嘉靖二年）欧阳德考中进士后，首授六安知州，这个起点寻常人望尘莫及。欧阳德在地方工作时间很短，离开六安后一直在南京、北京两地做官，顺风顺水，一生无惊无险。期间两次回乡，先是丁忧父，后是丁忧母，最后累官至礼部尚书。

欧阳德（1496—1554年），字崇一，号南野，今江西省泰和县马市镇蜀口村人。明朝著名理学家，江右王门主要代表人物之一。嘉靖二年（1523年）进士，历任六安知州，刑部员外郎，翰林院编修，累官至礼部尚书。卒后赠太子少保，谥文庄。著有《欧阳南野集》三十卷，《南野文选》四卷，享有“门生半天下”的美誉。

对于欧阳德这个人，我感兴趣的正是他的顺。他凭什么可以在官场意气风发而不摔跟头呢？难道他真有什么不为人知的秘笈？这谜一般的顺让我二度步入蜀口洲。听欧阳氏介绍，全国各地风水大师曾经蜂拥而来，对蜀口村古墓葬展开大规模考察。实际上蜀口村并没有古墓葬群，我只看到书院旁边的一世祖墓葬，也不知道这么多官僚葬身何处？据说蜀口村三世祖墓葬位于江东的半山腰，墓葬前面的山坳似案台，为风水大师所称道。

有人告诉我，欧阳德葬在万安县韶口乡梅岗村，并向我提供了一份2011年7月5日的《井冈山报》，上面有一篇记者高春燕、欧阳和德采写的新闻稿，摘录如下：

近日，江西万安县文物办工作者在该县韶口乡发现明代著名思想家、教育家欧阳德墓。该墓的发现对研究目前海内外方兴未艾的“阳明学”和庐陵文化具有重要的参考价值。

据了解，欧阳德墓位于万安县韶口乡梅岗村头狮村西南山的丛林中。墓坐北朝南，高250厘米，宽400厘米。墓前二十米处，有汉白玉质墓碑，碑通高165厘米，宽90厘米，厚20厘米，碑文约600字，记述欧阳德生平及其思想、教育方面成就，半数以上尚清晰可辨。

万安县文物办负责人介绍，碑文中欧阳德名字及“南京太常寺卿、国子祭酒、礼部尚书、太子少保”等官职记载文字确凿，与史料记载完全吻合，与墓型制相印证，可确定为明著名思想家欧阳德之墓。据当地群众介绍，墓前原陈立有文武俑、兽俑。欧阳德为何葬于距泰和蜀江洲家乡数十里之遥的万安韶口，尚属历史之谜。

因为供职万安，我有机会看到欧阳德的墓葬。坟茔在一处山丘上，可以望见赣江，听见涛声。几百年了，坟茔荒芜已久，护卫墓主人的石兽几近损毁，墓前也没香钵。我迷惑，欧阳德身份显赫，为什么选在距离村庄如此之遥的山丘安葬自己呢？难道他不怕孤独，不希望子孙祭拜吗？我将如何理解这位慎独主敬者的灵魂呢？

或许还是王阳明的那句话，问道德者不计功名，问功名者不计利禄。欧阳德一生矢志传道，年轻时任六安知州，创建龙津书院，传授致良知学。在北京与心学门人徐阶、聂豹、程文德等，集四方名士于灵济宫讲授良知学，赴者五千人，而欧阳德以宿学居显位，享有“门生半天下”的美誉。史载欧阳德“谠言正论”，“遇事侃侃持正，奖掖后进”。卒后赠太子少保，谥号文庄。庄者持重有形。

仰望天空，蓝天无垠，白云圣洁。

不借菩提树下阴

去阜田的路上，我还在想，石莲洞真的是史上记述的那样吗？山高林密，虎穴狼窝，果真如此，罗洪先占穴而居，三年不出，焉能存活？

到了阜田，镇里的同志陪着我们驱车去石莲洞。路虽然不远，又都是水泥路，但是路窄弯道多，不到十公里路竟走了半小时。车在一所小学校停下，下车环顾四周，一切皆非我想象。四野丘陵，村庄稠密，土地葱绿。穿过小校舍废弃的平房，一眼望见青石岩下有一个扁平的洞口，这就是石莲洞？

洞边有一棵罗汉松，树茎粗大，树皮苍黄，枝条已是不多，可叶子仍然茂盛。老树边还有一丛树，说是丛，因为密而且树干细，说是树，因为树干高而且枝繁叶茂，软软的枝条在洞口招摇。这些树我都叫不出名字。或许原本为柴，长得时间久了竟成了树。洞口很小，进去才知里边宽深，足够办一个教学班。站在洞里边，我可以穿越时空，会晤四百多年前那颗傲立的心灵。

罗洪先出生在官家，父亲进士出身，做过镇江、淮安知府。按说在这种家庭中长大的孩子，一般会有求取功名的欲望，可罗洪先不是一般孩子，自幼端重，不为嬉戏，从小怀揣做学者当圣贤的梦想。十五岁开始读王阳明的《传习录》，便一发不可收

石莲洞

石莲洞边的罗汉松

拾，圣贤之梦原来并不遥远。本想着去拜师，可父亲不允，只能按照父亲设计的路线考功名。

遥想当年，罗洪先罢官回乡，没有丝毫失意和失落。做官于他如浮云，1529年（明嘉靖八年）中状元，在翰林院做编撰，椅子还没有坐热，突然告假回乡，而理由居然是看不惯官场流弊。在家一待就是两年，如果没有诏命，或许他还待在家里不走了哩。奉诏再去做官，家运不济，先是丁忧父，然后是丁忧母，送走双亲重返朝廷，不久因为联名上书《东宫朝贺疏》被罢官。时为1539年（明嘉靖十八年），距离他考中状元正好十年。十年一梦，蹉跎于家与国之间，在朝为官的时间少，在家赋闲的时间多。没做过像样的官，更没做过像样的事。好端端一个状元废了，挺为罗洪先惋惜。

罗洪先（1504—1564年），字达夫，号念庵，谥文恭，吉水县盘谷人。明代著名理学家，杰出的地图制图学家。嘉靖八年（1529年）状元，授翰林院编修，迁左春房赞善。被罢归后，著书讲学，游历山川，考图观史，以计里画方之法，创立地图符号图例，绘成《广舆图》，在中国地理学史上占有重要地位。卒后赠光禄少卿，谥号文庄。著有《念庵集》二十二卷，《冬游记》一卷。

静静的石莲洞，因为罗洪先的到来着实热闹了许多。年届而立，心气朝气正气在心中燃烧，葺茅居之，默坐一榻，考图观史。洞小乾坤大，上至天文、礼乐、典章、阴阳、术数，下至地理、水利、边塞、战阵、攻守，一一进入罗洪先的视野。历史证明罗洪先是个天才，一生在诸多方面造诣很深，他绘成《广舆图》，堪称“一位与墨卡托同时代的东方最伟大的地图学家”。大明虽然少了一个官员，但却多了一位伟大的学者。

阜田镇里的同志介绍说，罗洪先是著名的理学家，虽然没有拜过王阳明为师，但阳明弟子认为，罗洪先“非徒得其门”，且为“登堂入室者”，是江右王门学派的代表人物，罗洪先曾在石莲洞招收门徒讲授致良知学。石莲洞冬暖夏凉，适合办学。后来学生多了洞里容不下，罗洪先倾其所有，在莲花洞旁边建起一座书院。阜田镇领导指引我们来到书院遗址，小满时节，野草疯长，人已无法进入，远远地只看到一面厚实的直墙，翘角内敛，当是明朝遗迹。

石莲洞现在已被佛家所用，洞内奉着菩萨，供四方香客朝拜。废弃的校舍平房暂时用作僧房，摆放香火供品。按照阜田镇的规划，小学校即将搬迁，后山的大雄宝殿即将竣工。不久的将来这儿将是儒释双修的第二青原。罗洪先在天有灵，当会感到欣慰。

石莲洞离罗洪先故里盘古不远，我曾多次去过那里，因为我们那个村庄正是从盘古村迁出去的。我提出去罗洪先的故里看看，然而吉水的朋友告诉我，盘古罗洪先的故里早就没了踪迹。在过去，罗氏周围住着很多大姓，这些大姓挤占了罗氏生存空间，很久以前罗氏举族外迁，至于迁到何地暂时没人知道。我想不至于涅槃寂静了吧？

我记起万安田北罗氏宗族上挂着“理学正宗”匾额，我曾以为是罗洪先的后人或者族人，这一次之后回去查罗氏族谱，才知道此罗氏从泰和迁入。虽然开基祖罗凯诚与罗洪先的先祖同宗同族，依着时间推算，罗洪先出世比田北开基晚了六十年，及至罗洪先扬名已是一百年之后。田北罗氏子孙把罗洪先抬出来光耀门庭似乎也在情理之中，毕竟他们有着相同的遗传基因。

罗洪先一生充满传奇，浮云一般，驾雾一般，仙人一般。可他也要吃五谷杂粮，生存什么时候都是第一位的。或许也是生活所迫，据说罗洪先晚年经常给人看风水，去分宜的那一次，住在大户人家的仓库里，里面的稻谷都发了霉，二氧化碳超标，罗洪先一觉未醒，竟窒息而死。谁曾想，一代大儒竟是如此结局，充满悲情。

沿着后山的花径重又回到石莲洞，仔细端详洞旁的树，脑子里似变幻出一棵高大的菩提树，“年来渐识窗前草，不借菩提树下阴”。我们仍然说着罗洪先。据说他与嘉靖朝最大的奸臣严嵩还是儿女亲家，严嵩掌权后请他复出，罗洪先坚辞不就，守住了一个知识分子的良知。

罗洪先给世界留下了太多悬念。那年在太原，看到晋祠圣母殿右侧的走廊里有一块“悬笔碑”，诗云：“悬瓮山中一脉清，龙蟠虎伏隐真明。水飘火劫山移步，五十年来帝母临。”上面的字如落花飞雪，骤雨飘风，一派天马行空，纵横万里的气象，一种超然出尘，无牵无羁的韵味。这是罗洪先的真迹，也是他的性格。

无人识得其意，民间传说颇神。“瓜皮写字尚未干，不在云南在四川”，此乃仙人也。还有一个版本传说，罗洪先做翰林编撰时游晋祠，在桥上见一女子，罗洪先不禁叹曰：“世人都说西施美，余视此妇胜西施。”女子羞怒，竟发功力使桥板突然起火，罗洪先差点跌入水渠里，再看女子，早已不见。远远望去，却突然出现在悬瓮山上，罗洪先自言道：“你若真是仙女，让我再仔细看你一眼。”没等说完，只见悬瓮山摇摇欲坠，东移数步。罗大为惊恐，方知非同小可，信手写了这首诗。然而，碑上的诗究竟写的是什么呢？“水飘火劫山移步”到底在说什么，罗洪先为什么要写下如此玄妙的诗呢？几百年来，无数墨客骚人驻足于此流连忘返。

透过历史细节，我知道，罗洪先是一个博学的人，一个神秘的人，一个有独立人格的学者。离开石莲洞返回途中，我用百度探索罗洪先，居然发现罗洪先死后也获得了朝廷的谥号。

文庄，庄者凝重。

第六章 / 善与恶的绞杀

万物皆备于我，我何择焉？

——何心隐

嘉靖的精明

一场春雨洗净钟祥的天空，一道虹霞划破天际，一只喜鹊落在王府的枝头，一队人马走在钟祥的路上，一个少年仰头望着彩霞，已是痴迷。四月，王府迎来的这队人马接走了这位少年。如果不是堂兄朱厚照早逝，他一生只能在朱家版图一隅平静度过，可现在不行了，他即将走马上任大明帝国皇帝。少年心里喜不自禁，他无法想象帝国的疆土有多么辽阔，任凭骏马奔驰，引颈长啸。

这个叫朱厚熜的少年还没走出过湖北哩，他怎么知道天有多高地有多厚？在北京，他马上遇到了难题，从哪道门入宫，他想着应该从大明门入，可首辅杨廷和以及大臣们不允，对不起小朱，按照祖制，你得从东宫门入。不可能，你请我做皇帝，我就必须走皇帝路线。没办法，这是你朱家的体制，你想做皇帝必须听我的。那好吧，我回钟祥，皇帝我不做了，谁想做你请谁做。执拗，或者说强硬让杨廷和重新评估眼下的入门危机。你真的认为进了这道门就无法无天了吗？你太嫩了，想进就进吧。杨廷和的杀手锏也是明朝的体制，内阁首辅如果认为皇帝意见不对，可以把圣旨退回去，史称“封驳”。可杨廷和错了，这个昨天似乎略显羞涩的少年，在权力与尊严的角逐中是那样的无畏，征服欲望在心里无限膨胀。更让杨廷和始料不及的是，接下来长达三年的“大议礼”，仍然是少年的执拗和强硬，让他感到恐惧。仅一二个回合，这位历经四朝的老臣，致仕回家，终于得到一个善终。而那些不知死活的夫子们，最终以被廷杖或者发配而告结束。

嘉靖的强硬似乎是不讲理。比如入门事件，你没有登基，以太子身份入宫，本就应该走太子路线，大臣的坚持没有错。还有史称“大议礼”事件，朱厚照死了，没有儿子，堂弟继位，你就必须过继给朱厚照家，这是礼制，大臣也没错。可是嘉靖不管那么多，他认死理，你请我做皇帝，我就走皇帝路线，我做了皇帝我爹还是我爹，大伯还是大伯，我又错了吗？乡下孩子的理论，竟然让强悍的文官集团瞬间崩溃。如此看来，越复杂的事情越需要简单处理。与嘉靖比，正德太不幸，他不知道这个道理，他从小生长在深宫，无法挣脱思想的禁锢，他终其一生用种种不可思议甚至荒谬的行为与强大的文官集团对抗，最终让自己命丧黄泉。

其实朱厚照错了，他对抗的不是文官集团，而是明朝的体制。这个根本问题都没有看清焉能取胜？朱厚照聪明，身体又好，尽管贪玩，但他安然没有理想？我读《明史》常常想，在朱厚照看似荒诞不经的行为世界里，或许隐匿着一颗坚韧的心，那就是雪耻。他多么想放飞梦想，这是他向文官集团要军权而不懈抗争的动力。我在前面的章节中，间或写过这位顽主，现在我想说，他要军权难道就不是为他曾祖父朱祁镇土木堡被俘雪耻？他在豹房练习骑射真的是无事找乐？看过明史的人都知道应州之战，然而就是这次被历史几乎忽略了的战役，让我看到了一个英勇无畏的皇帝。这个皇帝的内心原来是那样的诡秘。

朱厚照的曾祖父在土木堡被俘之后，蒙古瓦剌部落因为也先的死很快凋落。正德年间，蒙古大草原上又崛起一个强大的鞑靼部落，这个部落的小王子有着卓越的军事指挥才能，几乎通吃明朝名将。这样的战绩让朱厚照难以想象。他是孤独的，孤独的心灵有着太多的伤感，去草原狂奔，在京城胡闹，为的是缓释那颗孤独的心灵？朱厚照没有畏惧，正德十二年十月，终于逮着了机会，小王子来了，他喜出望外。而大同总兵王勋兵力很少，面对小王子的五万铁骑，他慌了手脚，不知道这个仗怎么打？然而朱厚照义无反顾，下令立即集结部队迎敌，应州之战拉开序幕。我不想叙述这次战役的过程，我只想说这次战役的结果。史载明军死亡五十二人，蒙古军队死亡十六人，朱厚照亲手杀了一人。这样的历史显然是虚构的，被人抹黑了的。我不知道历史为什么抹黑应州之战？难道就因为朱厚照荒诞不经的行为令人厌恶？普通人需要理解，可站在高处的那个人也需要理解。在应州之战中表现出英雄气概和卓越军事才能的朱厚照，在人们的不屑和唾骂声中悄然而逝。他给历史留下了太多的谜团，仿佛这位站在高处的皇帝被臣下玩弄于股掌之中。

现在嘉靖可以轻装上阵，他从封地来，没有受过宫廷严格的礼仪训练，最重要的是他没有正德皇帝那么重的心事。他渴望玩弄臣下于股掌，展现君临天下的绝对权威。他甚至以农民式的狡猾以及民间无赖般的作风，让饱读诗书的臣下无可奈何。他不追求完美，终于获得了人性的解放。来看看他的战绩吧，嘉靖八年，他用张璁废了牛人杨一清，嘉靖十年，他用夏言搞掉了张璁，嘉靖二十一年，他用严嵩除了夏言，这样的游戏似乎永远没有停止。嘉靖的成功在于他的精明，既能超脱于臣下的互掐，又能成功驾驭臣下。这或许就是他能执掌朝野四十多年的原因。

嘉靖足够强大，强大到无需太监帮衬就能够搞定文官集团。嘉靖排斥太监，形成了有明以来一道亮丽的风景。毫不夸张地说，嘉靖年间是太监们的悲惨世界。从嘉靖元年至嘉靖二十一年，从十五岁的少年到三十六岁的中年，嘉靖把斗争艺术玩到了极致。现在他感到没意思了，事实证明自己足够强大就足够了。当一个人曾经执著的事件得以完成并得到充分满足之后，他的精神能量或许已经释放完，而另一种新的精神寄托就会悄然走进他的心灵。

道教，长生不老的玄术蛊惑嘉靖，他无法拒绝，开始执著于这项全新的事业。要说嘉靖的执著精神谁也比不上，连会见大臣都戴着道士的香叶冠，不仅如此嘉靖还亲手制作了五顶香叶冠，分别送给五位亲信大臣。因为修道的需要，一种新的文体呼之欲出，青词，一种写在青藤纸上赋，词句华丽，这是祭天时烧给神仙看的。因为青词，嘉靖开辟了一种全新的官场斗争道路，臣子们学写青词争宠互掐。嘉靖在比较中觉得两个人的青词写得最好，一个是首辅夏言，另一个是严嵩。夏言青词写得好，可他偏偏又是一个正直的无神论者，而且还是首辅，青词可以写，任务要完成，但心却不诚，嘉靖赐给他的香叶冠不知扔到了哪里。而严嵩但凡觐见头上一定戴着香叶冠，他的这种态度赢得了嘉靖的信任，这种信任滋长了他日益膨胀的私欲，由此又拉开了一轮旷日持久的宫廷争斗。

明朝太多的事匪夷所思。人们鄙视明朝的皇帝不是没有道理，朱厚照把太监用到了极致，而嘉靖却把奸臣用到了极致。然而由此轻视明朝是没有理由的，历史是人民创造的，按照经济学的原理，任何一种制度或者体制都会产生效益，不过是效益大小和效益的方向问题。

如果没有“勒脖子”事件，嘉靖的形象或许还没有那么糟糕。可是历史给嘉靖开了一个天大的玩笑。1542年（嘉靖二十一年）十月的一天夜里，一个叫杨兰英的宫女不知道是出于嫉妒，还是受人指使，趁着嘉靖与端妃酣睡之时，悄悄溜进房间，用一根绳索套在了嘉靖的脖子上。嘉靖虽然保住了命，而心里的阴霾终生也没有散去。从此，嘉靖搬出皇宫住进西苑，再不上朝，潜心修道。

在西苑的住所，一间专供炼丹用的房子，一个用于炼丹的炉子，一个道士不断给炉子添着柴火，屋子里烟雾弥漫，充满宗教的神秘。二十多年如一日，嘉靖看着炉火烧旺又熄灭，看着一首首青词化为灰烬，看着道士从炉子里取出一颗颗仙丹。而他的心一直在高高飞翔，正如从钟祥来的路上，纵马驰骋，引颈长啸，如梦一般羽化成仙。

打倒严嵩

1542年（明嘉靖二十一年）发生的两件大事悄然改变了明帝国的政治生态。八月，严嵩参倒夏言，骂走翟銮，入阁为首辅，朝中似乎再无正义力量与之抗衡。十月，嘉靖本人被宫女勒了脖子，从此落下心病，再不上朝。严党天马行空，横行无忌。然而，嘉靖仍然还是精明的，1545年（明嘉靖二十四年）十二月，在烟雾缭绕的屋子里，他突然睁开眼睛，望着严嵩的背影，冷不丁扔下一句话，夏言回来了，你继续干好次辅吧。历史在善与恶的绞杀中轮回，严嵩害怕了，身体不停地颤抖。

严嵩与夏言都是江西人，两人曾经有过不错的乡谊。变的是严嵩，不变的是夏言。夏言这个人表面冷漠孤傲，内心却是火热的。他胸怀宽广，有着强烈的报国愿望，做事有原则，始终是个干净的人。当年徐阶任江西按察副使，内阁首辅夏言的亲戚求他提携，徐阶根本不予理会。然而就是这个夏言提携徐阶做国子监祭酒。徐阶回京带上钱物去夏府，夏言正眼都不瞧。冷冷的几句话像是从地缝里窜出来，东西带回去，不必谢我，我并不喜欢你，我是为国选材。几年之后，夏言再次把徐阶扶上礼部尚书。偶尔路上相见，徐阶主动招呼，可首辅大人视若陌路。然而在徐阶心里，夏言是一个有分寸有良知的人。可惜他好景不长，身后始终有一双眼睛盯着他，就像一条毒蛇一旦逮着机会就会发起进攻。

1548年（明嘉靖二十七年）十月，朝廷的空气里弥漫血腥，最能打仗的曾铣被处死，家属充军，最富正义感的夏言被处死，尸首弃市，从子从孙削职为民。严嵩大获全胜，重登首辅宝座。从这一年开始，严嵩的时代才真正到来，许多大臣投靠严嵩，严党势力越来越大，严嵩高举权杖，向着正义挥舞，冤魂倒下，天下财富流进严府。

嘉靖的最后十多年，正义蛰伏，天下无道。读明史，有时真为嘉靖惋惜。老朱家自朱棣以来，好像还没出过如朱厚熜这种个性的皇帝，身上似乎体现了老朱家的原始风情。不幸的是朱厚熜胸无大志，而且还缺乏修养，骨子里装满了乡下土财主和农民式的观念，枉为人君。历史充满遗憾，朱厚照内心诡秘，谁也不知道他想什么，而朱厚熜的小心思谁都知道，却又无可奈何。如果朱厚熜胸怀天下，定有一番大的作为，想必明朝中叶会迎来一个中兴时代。当年内阁首辅杨廷和从乡下找个孩子做皇帝，心里想什么不言而喻。而他召回严嵩，或许没有私心，可他看走眼了，严嵩成了明朝最具破坏力的人。好在苍天有眼，杨廷和保住了徐阶，为大明留下了一点正义的种子。

良知是人的本心吗？或许是的。然而人的本质是自私的，本心在本质的驱使下安然守住？严嵩是大奸，从他诛杀王忬开始，王忬之子、明代大文人王世贞就开始把他的罪恶写入书中编入戏中，在民间广泛传播。然而就是这样一个大奸，曾经也是一个有气节的人，尽管他曾经懦弱，但是他的内心也曾经坚守着良知。

1506年（明正德元年）严嵩进士及第，在这之前他曾两次落榜。在翰林院默默工作三年，母亲逝世了，他回家丁忧，这一去竟然不肯回朝。他给朝廷的理由是“奸人当道，不堪为伍”。在老家分宜他开始长达十年的隐居生活，如果从此销声匿迹，就不会有后来的明朝第一大奸。但是老师杨廷和来信请他出山，他没有理由拒绝。1516年（明正德十一年），严嵩进京仍然在翰林院工作，淡泊平静地做一个低级官员。1518年（明正德十三年）严嵩改行做传旨的工作，或许是想回家看看，这一次他选择了去江西临江府传旨。六月恰逢宁王叛乱，王阳明正在赶往临江府的路上。一路上到处是逃难的人群，严嵩直接就回了老家。他心里明白这样做属于玩忽职守，所以躲在老家干脆不回朝复命。这一躲就是五年。如果说前次隐居是清高，那么这一次却是名副其实的逃逸。严嵩性格中有正义的元素，正好应了阳明心学那几句著名的话：无善无恶心之体，有善有恶意之动。一念之间，严嵩从清高蜕变成懦夫。如果当年他勇敢地走进临江府，与王阳明不期而遇，跟着王阳明平叛宁王，或许严嵩会走出一个不一样的人生。

1521年（明正德十六年）四月，嘉靖做了皇帝，严嵩再次入京派去南京任职。这一回他很幸运，“大议礼”时，他远在南京逍遥自在，斗争结束北京这边的官员发配的发配，处死的处死，正是缺人手的时候，他被调入京城，而且连升三级，执掌国子监。1531年（明嘉靖十年）九月，严嵩升任南京礼部尚书，此时他仍然保持着一份清高。1538年（明嘉靖十七年）严嵩调任礼部尚书，这一年严嵩五十八岁，人生转折从此开始。他放弃了清高，学会了溜须拍马。但凡溜须拍马之人，固然有目的，而这个目的无非是整人捞好处。如果他这时好好干几年，致仕回家应该算是功成名就，但是从这时起严嵩的欲望迅速膨胀，他已经走不回去了。欲望是良知的原罪，无论年龄多大，也无论曾经正直无私，如果管不住心中的欲望，就会失去良知，滑向罪恶的深渊。

严嵩(1480—1567年)字惟中，号勉庵、介溪、分宜等，江西分宜县人。弘治十八年(1505年)二甲进士，明朝著名的权臣，擅专国政20年之久，累官至吏部尚书，谨身殿大学士、少傅兼太子太师，少师、华盖殿大学士。63岁拜相入阁。严嵩书法造诣深，擅长写青词(实为他人代笔)。1562年，明世宗下诏将严嵩罢职，被削籍为民，家产被抄，奸党与家人一一治罪。隆庆元年(1567年)，87岁的严嵩贫病交加，在举国一片唾骂声中死去。他死的时候，寄食于墓舍，既无棺木下葬，更没有前去吊唁的人。《明史》将严嵩列为明代六大奸臣之一，称其“惟一意媚上，窃权罔利”。

夏言的死让徐阶悲痛欲绝，从这时起，徐阶发誓打倒严嵩。可严嵩岂是谁想打倒就能打倒的？在斗争哲学里，当你没有力量抗衡时就必须隐忍。徐阶知道这个道理，开始积蓄与严嵩抗争的力量。夏言被杀，他一声不吭。王世贞为了救父，在朝臣们上朝的路上，跪在地下一边哭一边扇自己的耳光，央求百官为父亲说句公道话，徐阶从他身边走过，依然无言，甚至不惜将自己的孙女许配给严嵩的孙子当妾。斗争无时不在进行。嘉靖四十年，大火烧了皇帝的寝宫，在修复永寿宫的问题上，严嵩说，陛下还是搬回宫中住吧。徐阶说，陛下，臣保证两个月修复永寿宫。嘉靖要的就是这句话，在皇帝宠信的天平上，徐阶开始增加一点点筹码。

时间给善恶双方都在创造机会。这一年严嵩夫人去世，严世藩回乡丁忧，严嵩毕竟老了，离开了写青词的儿子，似乎断了翅膀。徐阶觉得机会来了，他感到有必要做一次试探性的攻击。他叫来同乡和门生三人商量上书弹劾严嵩，徐阶分析此次弹劾必败，而且汝等三人还有可能因此送命。不试焉知水深？三人愿意赴死。结果如徐阶预料，严嵩不倒，而此三人被发配充军。虽然失败，但是这三个人总算是没丢性命。徐阶心里隐约感到了一丝欣慰，在嘉靖的天平上，自己的筹码已然不轻。

1562年（明嘉靖四十一年）春天的一个夜晚，阳明心学的两个弟子终于见面了。这两个人，一个是内阁次辅徐阶，另一个是民间人士何心隐，两个人地位悬殊极大，但目标都是打倒严嵩。那一年何心隐被严嵩逐出京城，至今十几年了，何心隐等得心都疼了。其实等得心疼的又岂止何心隐？那天御史邹应龙找上门来质问徐阶，难道你忘了杨继盛的死吗？徐阶哪里敢忘，又如何能忘？只是没有力量与严嵩抗争，只能耐心等待时机。其实徐阶的隐忍同样到了极限。在这一个夜晚，两个性格迥然却怀着共同目标的人，终于有了一个共识，打倒严嵩最终还得靠嘉靖。何心隐告诉徐阶，不能再等了，我有办法。

一个道士走到了这场绞杀的前沿。这个道士就是蓝道行，算命看相都准，名声很大，被请到西苑侍候嘉靖。蓝道行虽然不是王门弟子，却笃信阳明学说，与何心隐关系密切。蓝道行在宫中的职责是预卜祸福，《明史》记载：“帝咎中宫秽亵，中宫惧，交通道行，启视而后焚，答始称旨。”史书记载的实际上就是民间的扶乩术。扶乩术很玄，嘉靖的做法是，把要问的问题写在纸上，然而由太监递给道士，道士当众烧了（意思是转交给神仙），然后神仙把答复写在沙盘上。这天嘉靖问：为什么天下未能大治呢？神仙的答复是：奸臣当道，贤臣不用。嘉靖又问：奸臣何人？贤者何人？神仙的答复是：奸臣如严嵩，贤者如徐阶。嘉靖又问：既然如此，为何奸臣不遭天谴？神仙的答复是：留待皇上自裁。嘉靖信道，岂敢怀疑神仙？

决战的序幕就此拉开。但徐阶仍然十分慎重，他告诉御史邹应龙此次弹劾对象是严世藩，请求皇上立斩严世藩于市。徐阶高明，后来发生的一切证明这个决策无比英明。邹应龙依计而行，结果是严世藩被发配，严嵩告老还乡。不要以为到这里已经圆满了，胜利的曙光只是初现，离真正的胜利还远着哩！严嵩的反攻依然猛烈，他向皇帝喊冤，神仙的话都是蓝道行编出来骗皇帝的。切中要害了，所有人都为蓝道行担心。此前严嵩花钱叫蓝道行开口，蓝道行不为所动。现在嘉靖关了蓝道行，严刑拷打之下，蓝道行一遍又一遍回答，我没有冒充神仙，神仙就是这么说的。信仰竟然长在了一个道士的心里，而信仰的力量无法战胜。

严嵩的反击虽未成功，但也博得了嘉靖的同情，嘉靖发出御旨，严嵩父子均已法办，再追究其父子者斩。也是严世藩罪由自咎，发配途中，逃回分宜老家盖房子，发生了一起事故惹上官司。言官林润上书告发严世藩逃回家的事实，弹劾严世藩结党聚众造反。徐阶让林润先行逮捕严世藩，以防严党通风报信，当严党赶到分宜时，才发现严世藩已被逮捕回京。嘉靖再次将严世藩下狱，严世藩聪明盖世，在牢中依然不慌不忙，买通三法司将判决书定罪为谋害忠良，徐阶明白这是严世藩拖嘉靖下水，因为当初处死杨继盛等人都是嘉靖的决定。徐阶大笔一挥，将严世藩之罪定性为通倭谋反。这一回严世藩死定了。

绞杀仍在继续，抄没家产，发配充军，严嵩一大家子死的死，充军的充军。而他自己拖着老迈的身躯回到老家分宜，家乡人因为这个头号大奸臣蒙羞，没有人搭理他。严冬腊月，一无所有的严嵩沿村乞讨，死在风雪交加中。

严嵩之死让人们相信恶有恶报。

凄迷的火凤凰

权力什么时候都是一根魔杖。昨天徐阶行走在朝堂之上，很多人都还冲他点头哈腰。而现在当他打点行装，准备启程回老家华亭的时候，他心里明显感到自己就是一个老头。

从老家华亭走出来时，他二十岁，现在他六十六岁，年纪是大了点，可并不老，严嵩八十多岁还在干活哩。也不知为什么，当严嵩败于自己手下，踌躇满志拨正朝廷的航向之后，徐阶觉得自己老了，干不动了。权力如愿移交给自己的学生张居正，应该可以放心了。他向这熟悉而又陌生的深宫深情回眸，心里还是升腾起一丝落寞，一缕惆怅。

徐阶一生太不容易。1523年（明嘉靖二年）中进士，当翰林编修，父亲去世回家丁忧。重回到岗位，偏偏遇上首辅张璁倒孔。在明朝没人敢骂朱熹，却未必不敢动孔子。所以当首辅大人提出降级祀孔之后，朝堂之上，鸦雀无声。年轻的徐阶站出来了，他回击首辅，痛斥这个靠“议礼”上台的小人。骂完了，厄运也不远了，张璁把他贬到福建延平府当推官。而此时妻子又死了，办完丧事，把两岁的孩子送给老母亲抚养，默默地走上赴闽的路。四年时间发生了如此多的事情，徐阶心里乱成了一团麻。

那一年乡试落榜，偶遇聂豹，他给自己传授心学，让他忘记了心中的不快。在延平他时时记起老师说的知行合一，那时他回答老师说我懂了，老师说至少你现在还不懂，老师英明。小小一个推官，却遇到如此多的事，我将如何做？结束延平的任期，走上任湖北黄冈同知的路上，他才明白一个人受点苦遭点罪不是坏事。在延平，徐阶学会了变通，学会了借力打力，领会了心学知行合一的真谛。此后一路高歌，从黄冈同知很快升任江西按察副使，八年历练，徐阶顺利回京。

现在他要退休了。望着办公室挂着的那幅字，徐阶心里十分欣慰，可突然又有了一种说不清的痛楚。“以威福还主上，以政务还诸司，以用舍刑赏还公论”，这是徐阶接任内阁首辅时给自己写的律条。他确实都做到了。嘉靖四十三年以来，诸司按职履责，考绩公正，赏罚分明，一大批优秀年轻干部走上了关键岗位，这其中包括李春芳、严讷、张居正，也包括高拱这些个冤大头。徐阶也是日夜操劳，勤勉务实，此间国库充盈，军务重振，工商发达。明帝国开始走向复苏。更为可喜的是，他力劝嘉靖开放言路，宽容提意见者，连写过天下第一奏疏骂嘉靖的海瑞也得以保全，还有什么贪污受贿不被揭发，弊政不被纠正？

史家称徐阶开创了一个新时代，那么这是一个怎样的时代？徐阶不是说以威福还主上吗？实际上说的是明朝的体制。明朝开国皇帝朱元璋削相权，目的是集皇权，这种体制取决于皇帝个人素质和事必躬亲的态度。朱棣需要这种体制，也可以驾驭这种体制，朱棣之后鲜见皇帝能够驾驭这种体制，权力架构异化为皇权、相权、宦权三权掣肘。因为相权代表着一个庞大的文官集团，所以皇权常与宦权相联合，以文盲对付学究，以野蛮对付文明，形成了明朝官场皇帝懒政，宦权专治的政治生态。直至嘉靖上台，这样的局面才得以改变，重新回归到老祖宗确立的体制上去。可惜嘉靖很快厌倦了，大明朝仍然没有走上文官专权的轨道。直到徐阶接任首辅后，逐渐地又把这个体制放回到了文官专权的时代。嘉靖死了以后，他为“大议礼”中获罪的大臣全部平反，幸存者招用，死者抚恤。这就是徐阶的时代。这样的体制助长了皇帝懒政，我没事，你还不兴我喜欢点别的？而另一方面也助长了首辅专权。徐阶可以不专权，可是当高拱这些人进入内阁以后，徐阶明显感觉到了一种压力，一种隐忧，似乎又回到了杨廷和的时代。历史的轮回让徐阶感到了内心的疼痛，难道说人的欲望真的是那样难以克制的吗？难道宫廷斗争就不可遏制吗？徐阶的期望是多么的美好。

明朝啊，说不尽的明朝。尽管徐阶的担忧并不多余，但是有一点徐阶永远也不会明白，那就是历史是人民创造的。只要朝廷有正义的力量，只要朝廷的政策宽松，民间的创造力就会如泉喷涌。纵观明代正德、嘉靖两朝，各种新思想喷薄欲出，各种创造应运而生，这一时期出现了一大批杰出的思想家、医学家、文学家。而中国古代著名的四部小说《西游记》《三国演义》《水浒传》《金瓶梅》已全部出炉。对于一个民族一个国家，最可怕的是思想被扼杀，而失去独立的思想就会失去创新和创造的动力。徐阶，你最放心的或许就是你最应该担忧的。作为一个政治家你完成了自己的使命，可以光荣退休了。

徐阶(1503—1583年)，字子升，号少湖，一号存斋。汉族，明松江府华亭县人。明代著名的内阁首辅，嘉靖朝后期至隆庆朝初年任内阁首辅。嘉靖二年（1523年）以探花及第，授翰林院编修，贬谪延平府推官，后升任黄冈同知、江西按察副使、国子监祭酒、礼部尚书兼文渊阁大学士，参与朝廷机要大事。笃信心学，与心学门人何心隐联手打倒严嵩，接任首辅，政绩斐然。万历十一年（1583年）病卒，赠太师，谥号文贞。著有《世经堂集》《少湖文集》等。

徐阶以隐忍著称，谁也没有想到，他也有坐不住的时候。本来无官一身轻，可徐阶无官了，他感到自己原来是那样的脆弱。儿子随着他的归来东窗事发。小子狂妄，仗着老爹的势力在华亭圈地二十多万亩，建豪宅大院，讨几房太太，生活过得也太滋润了，怪不得人家会告他哩。小子懵懂，他做梦也没有想到，有人敢告自己参父亲。其实比小子感到唐突的还是老子。这才多少日子，脚才踏进家门，小子就进了牢房。有意思的是，徐阶曾经保了写天下第一奏疏的海瑞，最后办徐家大案的还是这个海瑞。海瑞的本性决定了这个案子的结果。海瑞不是心学门人，他也不管什么学说，他的文化基因就是儒学。这位猛人油盐不进，六根清净，在他心里唯有良知价高，任凭徐阶做怎样的努力，徐家两位大少爷无一例外地被发配充军。

徐阶迷恋权力，就像一架车一旦跑动，就再也不想停下来，因为目的地还远着哩。就像一台机器只要还能发动，就不想让它休息。在官场，徐阶向来低调，难道他不知道权力就是势力？儿子在老家如此肆无忌惮，徐阶一点都不知情？在我心里始终有一个谜，徐阶离开江西为师祖王阳明建祠堂，按照聂豹族人的说法，老师聂豹的府第也是徐阶所建，事虽做得有情有义，可钱从何支出？徐阶做官是不收钱的，他的钱只能自己出。这殷实的家底难道没有儿子们的创造？

欲望是良知的原罪，亲情无疑是人世间最真挚的情感，对于亲情的渴望难道错了吗？如果没错，问题出在哪呢？还是听听何心隐先生的宏论吧。朋友是社会关系中最重要的环节，其他各种社会关系，如昆弟、夫妇、父子、君臣，或交而比，或交而昵，或交而陵而援，都是不正常的。只有朋友关系才"交而尽"，是社会关系的极致。正义的天平一旦滑向亲情，就会让人失去尊严。据说海瑞查案期间，徐阶动用数万家财，运用各种关系弹压海瑞，因此晚节不保。没人想到徐阶的晚景如此凄凉。

好在历史最终给了徐阶公正，谥号文贞。贞者操守良知也。然而，徐阶留给我们的思考仍然是沉重的，中国社会重人情，中国文化以家为轴心，似乎谁也走不出家的围墙。坚守良知固然重要，可律法也不可少。中国哲学思想什么都不缺，缺的是兼容的大家。

天上有颗星

深秋大别山的月亮格外清冷。星星眨着眼睛，月亮睡意朦胧，院子里寂静无声，秋虫似乎也躲起来了，露水悄悄落在树的枝头，阵阵寒意袭扰身体。今夜无眠，仰望星空，思绪飞驰。

1562年（明嘉靖四十一年），何心隐参与谋划打倒严嵩的行动，被严党察觉遭到追杀。他悄悄溜出北京，向山东进发。此前他在京城创办谷门会馆，招收四方之士讲授心学。根据相关记载，谷门会馆生员广泛，云技杂流无不从之。此时他姓梁名汝元。一路住店他想到给自己换一个名字，这样或许会更安全。就心隐吧。从这时起梁汝元消失在日月星空，然而消失的仅仅是一个名字，并非心隐而是身隐，他的灵魂不改，他的思想跟着何心隐一起激荡神州。

多年以来，在永丰老家创办聚和堂的实践历历在目，现在何心隐似乎明白了，聚和堂之所以失败是因为它只是一个村庄，没有实现更大范围的联盟。何心隐从中国传统文化中汲取精华，跳出传统家庭伦理，阐述君子之交，提出建立超乎家庭伦理的“会”，这个“会”集士农工商，统于君师。这种社会关系论引发了更加宏大的理论架构，“会”统天下，“会”众之间均平财富，团结互助。“人心不能无欲，欲唯寡则心存”。“会”是何心隐的理想社会，人们惊奇中国封建礼教森严，可何心隐的思想已经走进原始共产主义。谁说中国没有哲学？谁说中国缺思想家？中国缺少的是拥抱思想家的政治。

一个思想家到了需要改换名字才能生存的时候，说明他的思想已经触及统治阶级的核心利益。而一个民间学者把手伸进了朝廷中枢，这个人已经是非常了得。难怪黄宗羲说何心隐是一个可以掀翻世界的人。其实阳明心学泰州学派哪一个不是“赤手以搏龙蛇”的人？掌门王艮出身灶户，就是烧盐的苦力。在孔庙，王艮感慨，“夫子是人也，我亦人也，圣人者可学至也”。王艮三十八岁拜王阳明为师，怕王阳明看不起，于是身着奇装异服，把自己好好包装了一番，然后走进了王阳明的家。王阳明收下了这个弟子，但这个弟子却常常不满师说，提出“百姓日用即道”的学说。一批思想激进的心学门人聚集在王艮的家乡泰州，这其中包括何心隐这样的民间学者，也包括如李贽这样放弃会试，但仍在官场的大思想家，还包括徐光启这样的官方学者。徐光启首倡向西方学习之先河，著有《农政全书》六十卷，并与意大利人利玛窦合译欧几里德的《几何原理》，最后官居礼部尚书。泰州学派的冲击力足以撼动历史。

这么多年了，何心隐漂泊不定，“所游半天下”。在重庆，挚友陈学博希望何心隐留下来给他当参谋。此时西南地区白莲教频繁闹事，让陈知府十分纠结。白莲教始于北宋，原是一种民间宗教。信徒主要来自底层社会，各派内部实行家长制统治，尊卑有序，等级森严。发展到明代，首领成分十分复杂，对政府的态度也不尽一致。有的借兴教之名行敛财之实，有的凭撰写经卷攀附上层，有的在宫廷太监中发展信徒扩大势力，有的则与下层群众联合反政府。良知驱使何心隐留下来，与陈知府一道平定白莲教之乱。然而，重庆不是何心隐心仪的地方，西南白莲教平定之后，何心隐又踏上了漂泊的征程。对于一个思想家，游历本身就是一种思想的释放，他期待自己的思想飞向天空。

那一年，他与张居正相识，之后他说，兴我学者非徐阶，亡我学者必是张居正。当时张居正只不过是一个小小翰林，而此时张居正已经入阁。不知道何心隐出于怎样的考虑，他把生命的最后一站选择在湖北。而湖北正是张居正的老家。思想家的斗争精神无与伦比，思想家的思想永远在险处。他反对张居正夺情，而所用的方式更加奇特，他跑了几百里亲赴荆州，给张居正父亲的丧礼送上一尊怪兽。无论于公于私，张居正都没有理由放过他。

现在我们可以看看何以隐的简历了。

何心隐(1517—1579年)，原名梁汝元，字夫山。江西永丰县人。明代著名思想家，心学泰州学派代表人物之一。“幼时颖异拔群，潜心经史，辄以远大自期。”嘉靖二十五年郡试第一。后放弃科举，仰慕王艮的良知之说，从王艮弟子颜钧，学“心斋立本之旨”。嘉靖四十一年(1562年)，与徐阶联手弹劾严嵩，事泄后改名换姓，逃到南方。后在湖北讲学，因反对张居正夺情，在张居正父亲的丧礼上送了一尊怪兽。万历七年(1576年)，张居正以帝诏，欲毁天下书院。何心隐极力反对，特撰《原学原讲》，声言要“持正义，逐江陵去位，一新时局”。再遭通缉。万历七年(1579年)在祁门学生胡时和家中被逮捕，解押武昌，泰州学派许多重要人物奔波营救。湖北巡抚王之垣为讨好张居正，将之下狱，九月二日将其杖毙。著有《何心隐集》。李贽极推崇何心隐，称之为圣人。李贽评何心隐："人伦有五，公舍其四，而独置身于师友贤圣。"

大别山真好，这儿多像永丰老家，山围着水绕着，这就是我的家啊。寓居孝感，何心隐创办书院，集众讲学，那些日子是多么的美好。几个月前，内阁首辅张居正通令天下禁止讲学，诏毁天下书院。何心隐著《原学原讲》驳斥张居正，声言要"持正义，逐江陵去位，一新时局"。 现在书院毁了，他已无学可讲，朝廷缉捕他的人马或许正赶往孝感。寥落的星空下，深情回眸这书院的每一个角落，何心隐坚信，自己的思想早已冲出大山飞向云霄。

夜静静的，何心隐感到了透彻的寒。死亡召唤着他，清晨他将离开书院，向生命的尽头进发。1579年（明万历七年），黄山脚下的一座小城祁门，何心隐在学生胡时和家中逮捕。从祁门押解至武昌的路上，何心隐仍然没有停止思想，他告诉差官们张居正是历史的罪人。审讯是多余的，湖北巡抚王之垣为了讨张居正欢心，直接将何心隐杖毙。

一个伟大的思想家遁入寰宇，他是天上的哪一颗星呢？

思想家死了，星星作伴，不再孤独。

第七章 / 乌托邦向往

视民之饥溺，犹己之饥溺。

——《传习录》

南赣的影子

我要去的这个村庄叫文石，是吉州区樟山乡的一个自然村落。在吉安知道这个村庄的人不会太多，我是在一本书中偶然发现这个村庄的价值。

几个月来，我苦苦寻觅阳明先生留在吉安的痕迹，甚至回响在时空中的话语。祀于孔庙的那些人都是立言立德的圣贤，在我看来，唯独王阳明是知行合一的全圣，立言立德立功真三不朽。作为心学的创立者，王阳明倡导知行合一致良知心法，在答顾东桥书中，王阳明说："知之真切笃实处即是行，行之明觉精察处即是知。"知是行，行是知。"圣学只一个功夫，知行不可分作两事。"如此玄妙的智慧，只他一圣贤。美国心理学家马斯洛说，存在性认识与心学知行合一的境界颇有异曲同工之妙。在存在主体极为热烈、投入的关注下，认识对象作为整体被把握，同时，主体自身的本质也在与对象的融合中更趋完善。这是一种辩证的、整合的认识，又是真正主动、自由、创造性的认识。

王阳明不是一个简单的传道者，1516年（明正德十一年），王阳明出任南赣巡抚，颁布《南赣乡约》，倡导实行"十家牌法"，从组织体系上完善保甲制度，形成一套完整的乡村治理体系。现在我需要看到南赣乡约留在民间的证据。可是五百年太

吉安府乡约

庐陵县乡约

久，或许时间已经抹去痕迹，我只能在浩瀚的史籍中寻找。但是我仍然希望在时空的某一处，隐匿着乡约的证据。这样的线索对于我来说是多么的珍贵。

车在几棵古樟下停下，李氏宗祠就在眼前。村民小组长李子丹等在那儿为我们开门。从院门进去，院子里李氏宗祠和书院两栋古建并排，这样的构思比较少见，足以说明文石村敬祖崇文的风尚。院墙上镶嵌着两块青石碑，吸引着我的眼球，近前看一块是咸丰元年九月庐陵县立的乡约，另一块是同治元年十二月吉安府立的乡约。字迹清晰，透过这两块石碑，我依稀看到了南赣的影子，揣摩当年阳明先生“立保甲，以弥盗”的施政路线。

吉安府立乡约：

——禁花会标暨一切赌博。

——禁滥派差役如非命盗重不得过贰名惟催科紧要如钱漕逾三限不完者不在此例。

——禁差役坐轿暨僭用搢绅服色。

——禁游民结党联会。

——禁宰耕牛。

——禁学演戏暨男女吃齐聚众念经。

——禁差役籍端需索。

——禁溺女。

——禁恶丐讹索。

以上十条责成乡绅编联保甲实力稽查，如明知而不举报者定即连坐，并究凛之慎之。特示。愿勒碑垂久者厅。

同治元年十二月十七日

文石村在赣江边上，面朝赣江，村庄后面有一条弯曲的湖环绕，西山满目青松拱卫怀抱古村，钟灵毓秀。村庄自1234年（宋端平元年）开基以来，至今繁衍八百年，已经是一个很大村庄，三百多户，一千多人。过去村庄建筑基本上围绕村庄祠堂一圈一圈展开，现在祠堂周围拆得干净，显得空旷，祠堂也就格外醒目。风风雨雨几百年，祠堂虽然受到不同程度的损毁，但基本上得到完好保留。祠堂为清中期三进两井建筑，大气宏阔，书院的大门锁着，我们没有进去，李子丹介绍，书院的纵深虽然没有祠堂长，但精美的楹联很多，雕刻和彩绘栩栩如生，书卷气很浓。民居比较多的是庐陵建筑风格的“二栋屋”、“三栋屋”、“九栋屋”。所谓二栋屋就是一进二栋，三栋则是一进三栋，依此类推。九栋屋则是一进三排九栋，最为气派。

文石李氏为唐朝西平王李晟之后，从祠堂和古民居的建筑时间推断，文石这一支在清朝中期有一个繁盛期，这一时期或许真的如族谱记载的出现过许多儒商，这些人在长沙开当铺，绸布店等，生意做得很大。回到家乡做了那么多精致气派的房子。集体化时期每个院子都住了很多人，改革开放后，富裕起来的农民逐渐从逼仄的老屋里搬出去。现在文石的后山形成了一个新的村落，而赣江边的古村几近荒芜。过去进出的路都被茅草封闭。

庐陵建筑风格的“二栋屋”、“三栋屋”、“九栋屋”在吉安县比较多见。最近我去过的好几个村庄，都可以看到这样的建筑，可惜都荒芜了。2014年我去山西，看过晋商做的那些老屋，保存都比较好，利用也很好。乡土的环境与乡土的文化融为一体，把一个历史时期的厚重沉甸甸地呈现在我们面前。这曾经寄托圣贤的乌托邦向往的家园，或许即将淡出我们的视野。

李子丹晚上常去老屋住，是因为老屋里放着许多雕花的家具。许多家老屋的物件被洗劫。村庄族规是一木雕匾额，挂在祠堂内，不知何时被人偷了去。好在曾经拍过照，上面的文字依稀可以揣摸出来。

李氏族规：

国有典型而天下治，民有家规而仁让兴。父训其子，兄勉其弟，各安其业，各守本分。孝顺父母，友爱兄弟，居心仁慈，忍让为怀，才能成为国之良民，家之肖子。

本族有人应试，为一族之光。每复试一场，奖钱二百文；正案取列前十名，奖钱八百文；取入案首者，奖钱四吊文；考入学府者，宗族出钱设下马宴。有下省观光者，宗族送程仪钱四吊文；进京会试者，送程仪钱十六吊文；高中荣归，宗族设下马宴。将来有出仕者，量力瞻祭，以酬祖宗德泽。

在村庄里走上一圈，感觉这个村庄还是荒芜了，再过一些日子我都不知道怎样跟村庄对话。让我感到欣慰的是这个村庄古树很多，在人们的心里充满敬畏自然、敬畏祖先的人性光辉。按照祠堂里的介绍，文石村在清朝中后期文臣武将、儒商就有一百多人，民国时期初中以上文化程度的村民多达四十多个，其中不乏大学生、留学生。新中国成立以后大专以上学历一百三十多人，其中硕士十五人，博士四人，拥有副高职称者四十人，正高职称者十人。崇文向上是这个村庄闪光的文化元素。

李子丹给我介绍，村庄民风淳朴，秩序良好。关于这一点，我在文石看到的一切足以佐证。一百四十多年前的乡约在文石影响弥深，这是我没有想到的。而且我完全有理由相信，一个秩序井然的村庄，就是我们心中最美丽的家园。

出村的路上，我看到太湖边上很多牛埋头吃草。

如梦三舍

村庄与环境对话，田野永远是耕耘和劳作的姿态，连冬天的冻土都生长灵性，不信你刨开冻土埋下种子，一定会有无畏的生命屹立寒风中。

没有大川，溪流从远古的性灵中传递永不枯竭的信息，布满村庄的池塘长着水浮莲。风从谷中吹来，四个方向都不会迷失。

千年古樟和银杏敞开心扉，坦露天地经纬。楠木的根茎使劲地吮吸着大地的乳汁，一点一点地成长，而经历则被一圈一圈刻录心灵。藤萝相绾，乘流迷渡，远山传过动物的信息。千年风水向着阳光开放，感动沐浴村庄。

如梦三舍，质朴地退向谷地，然后又把自己的羽翼丰满在山巅之上。退是一种智慧，可并不是什么人都可以做到。只有洞察历史悟透人性的眼光，才配拥有这样的智慧。飞了，向有梦的地方出发。

刘氏族谱记载：三舍，古称上井。1060年，南唐工部尚书刘适之子刘君造任吉州推官。宋下江南时，刘适隐退，便到儿子的官宦处寻访山水之胜。“经安福县南之上井，爱其秀丽，遂居于谷木塘之北。”刘适之孙刘璞，中南唐进士，“璞子愍，愍子员，员子知刚皆为宋上舍生，乡人荣之，称三舍。”“谷木塘”

三舍民居门罩

三舍民居木雕板

三舍民居藻井

三舍民居木雕饰

改为进士塘。三舍距吉安府九十里（一舍为三十里）正合刘适“退避三舍”的初衷。

南唐工部尚书刘适，隐了。寻着儿子的方向，再退庐陵九十里。“风和日暖柳如烟，一望青青万顷田。无数耦耕春日里，谁知沮溺是遗贤。”高贵的血统与职业何关？劳动的手才能救赎灵魂。

三舍如梦，老的房屋与新的楼房相拥为伴，新的和旧的，亮的与暗的，在一个有阳光的下午让我迷失。我迷失的不是感动。我看到了吊马桩的眼在古驿道旁长出苔鲜，我看到了村旁那片楠木林的亮色跟村庄的心灵一般脆亮，我看到了一个朝代的荣光洒满村庄，“方塘一镜柳风清，进士犹传旧日名。最羡源深流在竭，云仍衮衮继芳声”，“百座祠堂、百口古钟、百口水塘、百棵古樟、百个顶带”，“五个一百”塞满千年古村。

我在如梦的村庄里寻找，儒林第、宗伯第、大夫第，司徒第、尚书第、邦伯坊，容颜老了，可溢出的酒香让我陶醉。一堵颓废的墙，一扇闭不合的门，一副老掉牙的门罩，一厢退了色的檐绘，甚至一张少了腿的桌椅，让我眼花缭乱。我喉咙里已经被一种发霉的气味呛着了。是的，村庄老了，凋敝荒芜了。可我看到了村庄的精彩梦幻般盛开。一只雕花的斗拱以永不下垂的姿态向我微笑；一双垂花柱头，张开大嘴伸出舌头，仿佛神灵护卫这宏阔的祠堂；一块廊楼门扇上的雕刻，只剩下木质的原色，却挡不住精妙绝伦的诱惑；一幅藻井坦露胸怀，带着传统的梦想庇护屋檐下的子孙。太多的美在一个一个细节里流淌。

美丽的家园，留下太多光艳的名字，刘文敏、刘晓、刘子和、刘以身、刘宝珏，这些都是闻名江右的理学家，还有那位挥剑报国，削发为尼的女杰刘淑英。然而，我要寻找梦境里的故人刘邦采。我知道你是一个有梦的人，你的梦不在功名，而在家园。这个家园是你向往的乌托邦。去南京的时候，族人跟着你一齐拜向阳明先生。致良知做圣贤，让三舍梦开翅膀放飞心灵。

村民自治的理想在惜阴会的讲坛飞翔。刘邦采，你肯定不知道当年的努力是多么的宝贵。当中国农村初现民主曙光的时候，它的光辉是那么耀眼,仿佛要穿破沉沉黑夜。我不知道这冲破黑暗的光芒如何又梦幻般的熄灭。你当时是那样的坚决，放着朝廷命官不做，执意回乡，你说要让心中的梦在家乡的土地绽放。

刘邦采（1490—1578年），字君亮，号师泉。安福县甘洛乡三舍村人，明理学家、教育家。刘邦采无心功名，嘉靖七年（1528年）乡试考中举人，但他不想继续考功名，授寿宁教谕，据说后来被一个官员推荐到嘉兴府做同知。然而，仅两年他又打道回府。刘邦采信仰心学，早年带着族兄弟一帮人前往南京拜师，辞官后回家办起了“惜阴会”。《阳明年谱》嘉靖五年记载：

刘邦采合安福同志为会，名曰惜阴，请先生为书会籍。先生为之说曰：同志之在安成者，间月为会五日，谓之惜阴，其为志笃矣。然五日之外孰非惜阴时乎？离群索居，志不能无少懈，故五日之会，所以相稽切焉耳。呜呼！天道之运无一息者或停，吾心良知之运亦无一息之或停。良知即天道，良知之运亦无一息之或停矣，则知惜阴矣，则知致良知矣。

刘邦采在乡村传授心学，他认为教育和引导村民遵纪守法，和谐相处，正是惜阴会要探索的问题。在三舍村刘邦采通过提高村民觉悟，依靠村民搞自治。这或许是中国历史上最早的村民自治案例，也是古老吉安大地一道亮丽的风景。

这个下午，我依恋三舍。穿过古桥的路或许封闭了很久，可这青石板架起的古桥履痕弥深。错过了为一个悬梁自尽的节烈女子举办的花朝节。农历二月十二日，百花的生日，但是，这一天三舍把自己的节日铺陈在村庄的每一个角落，为这位节烈的女子招魂。碎片一样的历史让我拼接，无需剪切，美便在我的笔下流淌。

记忆聚和堂

黑夜里，一只萤火虫飞过，一束亮光骤然照亮我们的心灵。如果是一颗流星飞过，它带给我们的或许不仅是惊艳，而且是长久的凝视。

在吉安这块土地上，留在我们心里的是那些青史留名的达官显要、民族忠烈，以及浩瀚的诗词歌赋，我们需要这些，因为它们滋养了我们。有时候我想，何心隐为什么不能是耀眼的那一个呢？或许在地方文化研究中，也存在官本位思想，其实这并不奇怪。在中国，官本位思想不仅盛行官场，而且盛行民间，深刻影响着思想界和学术界。可是我们没有理由怀疑，真正能够带给我们惊艳的和长久凝视的是思想，这样的文化何其煌煌。

我为何心隐感到骄傲和自豪。1510年（明正德五年）王阳明在吉安播下致良知的种子，到1553年（明嘉靖三十二年）结下了丰硕的果实。谁也没有想到，嘉靖三十二年在永丰县的大山深处会闹出如此大的动静。何心隐是一位杰出的思想家，更是一位知行合一的实践主义者。这一年，何心隐回到家乡永丰县瑶田镇梁坊村创立聚和堂，这是中国历史上出现的第一个“乌托邦”社会。尽管何心隐的“乌托邦”只存活了短短六年，但此时距离1516年英国莫尔创作文学作品《乌托邦》晚三十年，比空想社会主义的提出早一个世纪，比卡尔•马克思提出共产主义学说早了三百年。让我感到惋惜的是，何心隐的思想似乎在中国的土地上销声匿迹，仿佛空气不会流动，否则思想为何凝固？仿佛信念从此破灭，否则思想为何定格在历史的时空？

让我没有想到的是，永丰之行颇费周折。在我认识的永丰的朋友中，知道何心隐的人居然不多，至于何心隐是什么地方人更是无人知晓，最后，我告诉他们何心隐本名梁汝元，你们帮我找姓梁的大村庄吧，才终于落地梁坊。

去永丰的路上，我一直想，梁坊是一个怎样的地方呢？我此行还能看到聚和堂吗？实际上，在瑶田何心隐的影响非常大，人们不仅知道这个人，而且对于他的学说以及他创立的乌托邦更是津津乐道。瑶田镇党委书记徐世菊毕业于江西师范大学历史系，对于何心隐这个人的地位还跟我讲了许多自己的观点。瑶田这个

地方有些特别，从永丰走过去似乎很远，可是从瑶田抄小路去青原却很近，这也可以解释何心隐为什么很早就接受过阳明心学。开阔的盆地上，良田万顷，这时晚稻已经封行，绿意绵远。梁坊村就在马路边上，村坊高耸，穿过村坊我进入了梁坊村。

在梁坊，支书老梁带着我在村庄里转了一圈，应该说，这个村庄规划和建设都不错，是一个很漂亮的村庄。他把我带到聚和堂和夫山书院旧址，这儿已是一块平地，不久就有村民在此建房。我没有看到聚和堂和夫山书院，心里有些遗憾。

关于何心隐的记载不是很多，但清朝学者黄宗羲在《明儒学案》一书中说，何心隐是一个可以掀翻天地的人，是一个可以赤手搏龙蛇的人，是一个前不见古人、后不见来者的人。这样的评价简直让人难以置信。我的看法是，何心隐是一个个性强、有思想的人。他早年实践乌托邦理想，失败后在全国各地讲学，参与打倒严嵩的斗争，一生充满传奇色彩，富有革命性。王阳明曾经有过一个震动朝野的著名论断：问道德者不计功名，问功名者不计利禄。这句话同样深深刻录在何心隐的心里。根据记载，何心隐少怀异禀，他从小抱定考功名入官场为国效命的理想，所以他读书刻苦，成绩也好。永丰县考名列前茅，吉安府考出类拔萃，如果他接着省考国考，中举人、及进士第应该没有悬念。可是他考完府试，突然决定不再考了。实际上历史上读书人但凡有了这种想法，定然是官场腐败的使然。对一个有良知的人，一个有理想的人定然如此，官场烂了，进去了又安然作为？何况何心隐还是一个有改造社会强烈愿望的人。1553年（明嘉靖三十二年），何心隐回到梁坊村，这一年，他三十六岁。他宣示让全村人人有书读，人人有饭吃。

何心隐的思想来自中国的传统文化熏陶，“大道之行也，天下为公”。实现大同社会，天下良知莫过如此。按照何心隐的想法，把梁氏宗族的人全部组织起来，成立一个叫聚和堂的组织。我现在无法知道这个组织的体制和运行方式，在梁坊村，我访问了许多老人，没有人说得清楚。而梁氏族谱也没有详细记载，网络和专家的说法，要么是猜测，要么是推理。我理解这个组织应该是一个集体合作化性质的共同体，仍然维持以户为单位的小农兼业制度，但互助性质很强，尤其是统一纳粮这一条，让梁氏子民统一在聚和堂的旗帜下。据说过去梁坊村有一个宗祠，何心隐自己出资在祠堂边上盖了夫山书院，无论穷富，无论出身，所有的孩子都可以在这里免费读书。他教小孩子，也教大人，让大人识大体，做有道德的人。梁坊村抱团聚和堂，和睦相处，秩序井然。俨然一个大同社会。在遥远的历史时空中竟有如此好的状态，我真的很羡慕梁坊。

一般来说，建立大同社会，除了全民需具备较高的道德素质外，还必须有足够的经济作后盾。在那个时代，何心隐凭什么维持这样一个大同社会呢？无非是个人人格力量和经济实力。我不怀疑何心隐的个人人格，传统村庄治理靠的是宗法和精英，这两者精英最为重要，决定村庄治理的水平，尤其是宗族的繁兴。梁氏谱上没有记载梁汝元的后人，或许他原本就没有后人？万物皆备于我，我何择焉？以天下为家，这就是何心隐。

以户为单位的个体经营维系中国乡村治理几千年，这种经营模式既有利于农民，也有利于统治。中国历史上的几次大移民，不排除统治阶级有瓦解大家族的考虑。所以抱团经营是封建统治者所不允许的。聚和堂早就成了官府的眼中钉，嘉靖三十八年，永丰县府增加皇木银两，何心隐拒绝缴纳，由此入狱，聚和堂不得所终。据说永丰县府曾下令拆毁聚和堂和夫山书院。等何心隐保释回到梁坊，内心的凄凉无以言说，自此，他走上了一条讲学传播思想的路。

在封建帝制时代，这样的探索是多么的不可思议。人们说起明朝，总是贬多于褒。然而，明朝的思想和文化何其灿烂，除了哲学，中国经典四大名著，大多完成于明朝。我不是历史学者，我不想对明朝作出评价。但我感受最深的是明朝初期开放海禁，打开了国门，这是很有历史眼光的。明朝中晚期开放书院，让思想自由飞翔，这是很有历史贡献的。历史的任何阶段都有其长有其短，人们看明朝，似乎只看到那几个不上朝只炼丹的皇帝，但是任何时候都不能忘记，历史是人民创造的，这才是历史唯物主义的眼光。

出梁坊，我唯一感到遗憾的是，这儿连一点儿何心隐的痕迹都没有留下。这与我在沙溪欧阳修故乡以及在永丰县城看到的欧阳修纪念馆大相径庭。我想，我们为什么不能给这样杰出的思想家塑像呢？记住何心隐，是因为我们需要自由的思想，这是我们民族创造力的灵魂。

第八章 / 我们需要改恶从善的历史

良心上的自由是人类至高无上的精神上的善。

——斯蒂芬•茨威格

中国理想

1974年我九岁，在村小读三年级。那时候政治运动多，写标语的任务一般都由小学老师完成。学校有一位姓崔的老师标语写得特别好，每一次他去写标语，我们这帮孩子都跟在他后头，帮崔老师扛梯子，拌石灰水。崔老师爬上楼梯，用很粗的排笔蘸着石灰水在墙壁上写字，每一笔画都要来回好几次，笔画越来越粗，越来越白，一条标语写完了，墙上的字白得耀眼。“把批林批孔的斗争进行到底！”那个感叹号，上粗下圆，撼动人心。我心里满是狐疑，林彪是当代人，孔子死了两千多年，这两个人既不同姓是怎么扯上关系的？在另一面墙上崔老师又写了“批林要批孔，斩草要除根！”原来林彪叛国是孔子教的。崔老师就是这么教我们的。

孔子太坏了，这是我儿时最重要的文化记忆。正如我现在还能背诵一些毛主席语录，这记忆留在我心里竟然如此深刻。1994年我二十九岁，写了一组题为《孔子是谁家的》的杂文，在文章中我说孔子是皇家的，孔子的儒学浸透中华大地，培育了一代又一代围着权力转的权奴，孔子是官本位主义的罪魁祸首。文章引用了大量孔子的话，以孔子之矛攻孔子之盾，洋洋洒洒骂得痛快。2015年，我四十九岁（五十岁还不到），再写孔子时，记忆过去的那些文字，深感自己的肤浅。当年断章取义未免无知，我脸红惭愧后悔。我写的是孔子吗？

到现在这个年龄，孔子在我心里高大起来，他站在山巅，雄视天下，家庭伦理，社会秩序，国家治理，天下苍生，安身立命，无不进入孔子的视野。孔子就像一个医生，细心解剖一只麻雀，它的翅膀为什么可以飞翔，它的小小的肺叶何以承受空中的压力。孔子编著《诗经》，懂得诗经的时代人们的困苦。“硕鼠硕鼠，无食我黍！三岁贯女，莫我肯顾。逝将去女，适彼乐土。乐土乐土，爰得我所。”无论孔子的血统多么高贵，从来都站在平民的立场，他怀着美好的愿望游学天下，他说得太多了，说得太好了，却来不及系统整理。西汉戴圣在《礼记•礼运篇》中辑录了孔子的一段著名论述，107个字描绘了一幅大同世界的愿景，天下苍生无不神往。遥远时空，东方地平线上的风景充满迷人的诱惑。

大道之行也，天下为公，选贤与能，讲信修睦。故人不独亲其亲，不独子其子，使老有所终，壮有所用，幼有所长，矜、寡、孤、独、废疾者皆有所养，男有分，女有归。货恶其弃于地也，不必藏于己；力恶其不出于身也，不必为己。是故谋闭而不兴，盗窃乱贼而不作，故外户而不闭，是谓大同。

孔子有脾气，会训人，可他是那样的可爱，他的话如泉水一般沁人心脾，如黄钟大吕余音绕梁。社会是一个大家庭，人不能只为自己活着，爱自己也爱别人，强者关心弱者，弱者受到保护，社会充满友爱。人尽其才，物尽其用，社会安宁，夜不闭户。孔子是一个有良知的人，境界高远，他站在山巅，为我们举着理想的火把，照亮古老的中国大地。

理想是什么？理想是物质和精神的总和；理想是人们的生存目标，价值追求和精神向往；理想是当前状况与未来预期的总和；理想是欲己与欲人的总和；理想是良知的境界。儒家理想满足人的生存需求，体现人的价值追求，浸润生命的渴望。按照马斯洛需求层次理论，人的需求包括生理需求、安全需求、社交需求、尊重需求和自我实现需求五类，儒家理想最大限度满足人的五种需求。中国理想是良知的最高境界。

有人说，中国是一部改善从恶的历史，西方则是一部改恶从善的历史。对这样的伪命题我自然不会参与讨论。在茹毛饮血的时代，东方和西方哪个善哪个恶？在思想蛮荒的时代，东方和西方又有怎样的善恶标准？无论是东方还是西方，善和恶从来都是相对的。以历史的眼光看，善和恶浸透历史的纸背，从来都没有单纯的善，也从来都没有单纯的恶，历史的进程中交织着善与恶，而善与恶的绞杀也从未停止。人类在任何历史阶段，不管是东方还是西方始终充满向善和向上的趋势，闪烁着人类正义力量的光华。

自然，中国传统文化中有许多不合理和不健康的成分，但因此对中国传统文化，包括老子和孔子在内的先哲全盘否定则十分可怕。纵观中国历史，每一次文化选择都充满着残酷的血腥，当我们民族放下儒家信仰的时候，我们付出的代价是多么的惨痛。文化价值在一次次选择与重建中支离破碎，理想与良知的冲突一次次撼动儒家信仰。人们怀念法家，期望用法家的铁拳打击恶的一面；人们信奉黄老之道，期望以无为换取光明。实际上平衡只会是暂时的，新的不平衡又将在我们的心灵倾斜。随便翻开历史的记忆，有哪一页不是这样？东汉末年儒家信仰危机，印度佛教进入中原，历史上多少次少数民族入主中原，中国理想价值一次次受到冲击和挑战。好在中国士大夫阶层执著于儒家经典，一屋不扫，何以扫天下，胸怀修身治国平天下的理想从未动摇，这就是儒家哲学思想坚挺不倒的根基。

中国理想崇高，中国文化耀目天下。天下是天下人的天下，不是皇帝一个人的天下，这样的理想成为改朝换代的动力。然而，改了朝换了代又能怎样？还不是换汤不换药。有微信嘲讽说，中国人一生都喜欢求人，从出生到死亡，生要找一家好医院，死要找一块好墓地，而在人生的过程中更是处处求人。为什么求人？无非让自己过得好，让社会优质资源向自己倾斜。当这种人性诉求成为文化传统的时候，人们困顿，到底是中国文化出了问题，还是中国人的内心出了问题？文化与人性的差距引发人们怎样的思考？

中国传统的文化冲突，在于天下为公与天下为家。帝国的心里装着天下为公的理想，历史就会走进文景之治、贞观之治、康乾盛世，人们的心里装着天下为公的理想，历史就会内生推翻不合理社会秩序的不竭动力。历朝历代揭竿而起的人们无不打着“耕者有其田”“均贫富”“苟富贵，勿相忘”这样口号，可惜的是，他们中的胜利者穿上龙袍便忘记了向天下的承诺。只有到了近代才有真正的天下为公，孙中山把天下装在心里，矢志不渝推翻帝制。而中国共产党人把天下苍生装在心里，前仆后继，建立新中国。中国理想的价值在公，公是大道，天下大治；私为大道，礼崩乐坏。天下为公是中国理想价值选择的最高形式。

家是中国理想价值的传统范式。家是轴心，皇帝家天下，百姓屋檐下，家打着中国传统价值标识烙印在人们心底。家是一堵围墙。不少中外研究者几乎无一例外不是强调以家为轴心的中国文化的痼疾。家的文化底蕴决定了中国人走不进社会，走不进大众的心灵。家在中国文化的概念，自然给我们带来了文化价值选择的困惑。但是这些研究机构忽视了家在中国文化中的特殊价值，在中国历史上，每逢民族灾难的时刻，人们放弃了小家之私，走在了国家利益的前沿。当灾难结束，中国人表现出惊人的家庭修复力让人钦佩，这样的文化品质决定了中华民族永远屹立不倒。

我在散文网，看到一篇写家的文章，感受是那样的丰满：

家是一副重担，家是一份责任，家是彼此的真诚相待，家更是能够白头偕老的漫漫旅程。

家是我们人生的驿站，是我们生活的乐园，也是我们避风的港湾。它更是一条逼你拼命挣钱的鞭子，让你为它拉车犁地。

家还是一件旧雨衣，只有在狂风暴雨之中才能更体现它的真正价值。家又是一个充满亲情的地方，无论你是在天涯还是在海角，只要一想到家，就会有一种亲情感回荡在心头。

实际上中国理想从来没有放弃传统价值的认同，以及在历史风云变幻中不断匡正的机会。中国文化重视和合的价值选择，为中华民族注入了坚不可摧的生命力，和合二字在中国人心里积淀起深沉的文化记忆。和合二字见之于甲骨文和金文。和的初义是声音相应和谐，合的本义是上下唇的合拢。殷周之时，和与合是单一概念，尚未联用。春秋时期，和合二字联用并举，构成和合范畴。晏婴说："若以水济水，谁能食之，若琴瑟之专一，谁能听之？"孔子点赞晏婴："救民百姓而不夸，行补三君而不有，晏子果君子也。"《国语•郑语》记载："商契能和合五教（父义、母慈、兄友、弟恭、子孝），以保于百姓也。"儒家提出"礼之用，和为贵"，"君子和而不同，小人同而不和"。道家认为"万物负阴而抱阳，冲气以为和"。管子将和合并举，"畜之以道，则民和；养之以德，则民合，和合故能习"。墨子认为"离散不能相和合"。秦汉以来，中国文化发展走向趋同，和合概念被普遍运用，成为传统文化的精髓和普遍认同的人文精神。

行走在吉安古老的土地上，我被如此多的生命所感动，我读到了这块土地上最精粹的良知，最美艳的华章，最富哲思的启迪。当文章节义成为地方精神的时候，就会铸造出无比强大的心灵。

中国胸襟

我没有去过成都，曾经想象着走进杜甫草堂，触摸那颗令人景仰的心灵。一千多年了，这颗心灵依然充满着想象，跳动着无法遮蔽的美丽向往。“无边落木萧萧下，不尽长江滚滚来”，仕途受挫，人生失意，却阻挡不了内心万千气象。“安得广厦千万间，大庇天下寒士俱欢颜”，穷困潦倒，漂泊不定，开阔胸襟依然是如此烂漫。

庐陵欧阳修因为支持庆历新政被贬谪滁州，自嘲醉翁，内心却依然是江河滚滚，青山绵延，“醉翁之意不在酒，在乎山水之间也”，美丽的心灵在深山之中如花绽放。而那位主持庆历新政的范仲淹贬谪南阳，竟然借着为岳阳楼记文的机会，释放出心灵最美艳的浪花。“不以物喜，不以己悲；居庙堂之高则忧其民，处江湖之远则忧其君；是进亦忧，退亦忧。然则何时而乐耶？其必曰：先天下之忧而忧，后天下之乐而乐。”撼人心魄，荡气回肠。

不知为什么，我对那些民间人士的爱国热忱尤为钦佩，在我看来，他们是这世间最诚最高洁的心灵。顾炎武是一位反清复明的义士，他在家乡的老屋里看着日出日落，却在《日知录》中写下了如此铿锵之语：“有亡国，有亡天下，亡国与亡天下奚辩？

曰：易姓改号，谓之亡国。仁义充塞而至于率兽食人，人将相食，谓之亡天下。保国者，其君其臣、肉食者谋之；保天下者，匹夫之贱，与有责焉耳矣！”梁启超用八个字概述了顾炎武这段话：“天下兴亡，匹夫有责。”唤醒了沉睡在民族心灵里的最强音。

中国胸襟何其博大。少年时读过的这些诗文至今不忘，虽然那时我不能读懂古人的心灵，但是能够浸润其中，我已经很幸运了。文化的浸润是在我们的心灵里浇灌出一朵花，这花儿的馨香永远地留在了我们心里。

中国传统文化富有胸怀天下，关心他人的养料。最著名的话还是儒家先哲们说的，孔子说：“不独亲其亲，不独子其子。”孟子说：“老吾老，以及人之老。幼吾幼，以及人之幼。”又说：“穷则独善其身，达则兼济天下。”在儒家经典中，善行就是推己及人，仁政就是博爱天下。

那么，是什么造就了私欲、贪婪、掠夺、杀戮？是人的欲望。司马迁在《史记•货殖列传》中说：“天下熙熙皆为利来，天下攘攘皆为利往。夫千乘之王，万家之侯，百室之君，尚犹患贫，而况匹夫。”曾经有人用“圈养的中国”描述中国文化，家把中国人圈在一个屋檐下，一座小院里。文化的价值选择让人们迷失心灵，所以儒家强调修身，阳明心学强调破“心中贼”，司马迁则感慨：“亲朋道义因财失，父子情怀为利休。急缩手，且抽头，免使身心昼心愁；儿孙自有儿孙福，莫与儿孙作远愁。”走出家，海阔天空。

其实，家的文化并不那么可怕。家是中国传统农耕的产物，正如我之前说过的，中国的家文化顶起了中国的半边天。在家与国之间，曾国藩的选择充满仁智。一部厚厚的曾国藩家书，谈的都是做人做事的道理。在一封写给弟弟的信中，曾国藩告诉弟弟们，君子立志，要培养仁民爱物的广阔胸怀，建立内圣外王的德行和事功。一个真正的君子应该心忧天下，心怀万民，而不是计较一己之私，荣辱得失和贵贱毁誉。

其中一段文字是这样写的：

君子之立志也，有民胞物与之量，有内圣外王之业，而后不忝于父母之所生，不愧为天地之完人。故其为忧也，以不如舜、不如周公为忧也，以德不修、学不讲为忧也。是故顽民梗化则忧之，蛮夷猾夏则忧之，小人在位贤人否闭则忧之，匹夫匹妇不被己泽则忧之。所谓悲天命悯人穷，此君子之所忧也。若夫一身之屈伸，一家之饥饱，世俗之荣辱得失、贵贱毁誉，君子固不暇忧及此也。

胸襟是良知的表达。这种表达委婉而细致，清脆而透亮，就像南方的春雨润物无声。叶子在枝条上冒出嫩芽，一叶叶舒展，禾苗在田野上一叶叶长高，花儿在原野上尽情开放，天地澄澈。世界以婴儿般的姿态映入眼帘，那是善的和美的，充满欣欣的希望。

致良知的精粹是知行合一，王阳明最讲担当，他在《传习录》中说：“决然以圣人为人人可到，便自有担当了。”为天下苍生担当，这是一种胸襟，更是良知的表达。“个个人心有仲尼，自将闻见苦遮迷。而今指与真头面，只是良知更莫疑。”“人人自有定盘针，万化根源总在心。却笑从前颠倒见，枝枝叶叶外头寻。”王阳明用诗的语言给弟子们讲授致良知，让人如沐春风，消散迷雾。

《传习录》中记录了王阳明与弟子朱本思的一段对话：

朱本思问：“人有虚灵，方有良知。若草、木、瓦、石之类，亦有良知否？”

阳明回答说：“人的良知，就是草木瓦石的良知，若草木瓦石无人的良知，不可以为草木瓦石矣。岂惟草木瓦石为然？天地无人的良知，亦不可为天地矣。盖天地万物与人原是一体，其发窍之最精处，是人心一点灵明；风雨露雷，日月星辰，禽兽草木，山川土石，与人原为一体。故五谷禽兽之类皆可以养人，药石之类皆可以疗疾。只为同此一气，故能相通耳。”

良知就是一颗爱心。爱人，爱自然，爱世间一草一木，与世间万物同呼吸共命运，这同样是一种胸襟。人们相信良知，所以有开阔的胸襟，人们不相信因果报应，所以良知泯灭。中国人迷信鬼神巫术，崇拜风雪雷电龙蛇走兽，却没有属于自己的宗教。美国人休斯顿•史密斯在《人的宗教》一书中，把儒学视为中国人的宗教，可是儒学真正走进了中国人的心灵吗？或许每个人都有自己的朝圣路，而我们心中的那份虔诚何处释放，又如何释放？哲学家周国平先生在《各自的朝圣路》一文中，理性地表达了人性光辉和对美好精神价值的向往。对于这份心灵的劝慰，一切怀着美好愿望的人们都没有理由拒绝。

周国平先生写道：

如果把报应理解为世俗性质的苦乐祸福，那么，它在另一个世界能否兑现，实在是很渺茫的。即使真有灵魂或来世，我也不相信好人必定上天堂或者投胎富贵人家，恶人必定下地狱或者投胎贫贱人家。不过，我依然相信善有善报，恶有恶报，只是应该按照一种完全不同的含义来理解。我相信报应就在现世，而真正的报应是：对于好人和恶人来说，由于内在的精神品质不同，即使相同的外在遭遇也具有迥然不同的意义。譬如说，好人和恶人都难免遭受人世的苦难，但是，正如奥古斯丁所说："同样的痛苦，对善者是证实、洗礼、净化，对恶者是诅咒、浩劫、毁灭。"与此同理，同样身外之福，例如财产，对善者可以助成闲适、知足、慷慨的心情，对恶者却是烦恼、绳索和负担。总之，世俗的祸福，在善者都可以转化为一种精神价值，在恶者都会成为一种惩罚。善者播下的是精神的种子，收获的也是精神的果实，这就已是善报了。恶者枉活一世，未尝体会过任何一种美好的精神价值，这也已是恶报了。

《约翰福音书》有言："上帝遣光明来到人世不是要让它审判世界，而是要让世界通过它得救。依赖它的人不会受审判，不信赖的人便已受了审判……而这即是审判：光明来到人世，而人们宁爱黑暗不爱光明。"这话说得非常好。的确，光明并不直接惩罚不接受它的人。拒绝光明，停留在黑暗中，这本身就是惩罚。一切最高的奖励和惩罚都不是外加的，而是行为本身给行为者造成的精神后果。高尚是对高尚者的最高奖励，卑劣是对卑劣者的最大惩罚。上帝的真正宠儿不是那些得到上帝额外恩赐的人，而是最大限度实现了人性的美好可能性的人。当人性的光华在你身上闪耀，使你感受到做人的自豪之时，这光华和自豪便已是给你的报酬，你确实会觉得一切外在的遭际并非很重要的了。

良知发自内心，王阳明说："虽欲己之，而自有所不容已。"它听从内心的命令和召唤，而不是外在的规范和要求，良知是自我的满足，王阳明说："当下具足，更无去求，不须假借。"它不因外在的理解、相信、肯定而增益，也不因外在的误解、诽谤、贬抑有所减。良知需要自律，它是自己为自己立法，然后自己遵守。良知不期待回报，不需要外在的奖赏，它享受的是心灵的快乐，人格的完善。

良知从约束走向自觉是心灵的解放，此时人们的胸襟就像大海宽广。我常常记起何心隐的那句话，"万物皆备于我，我何择焉？"一个民间人士有天下万物于我都承担着责任的觉悟，这样的胸襟令人景仰。

中国人格

我生长在二十世纪六十年代的中国农村。当我一直为生存和失学担忧的时候，在我认识的人群中很少听到关于人格的表达，这些乡下人没有体面，享受不到被尊重的快乐。在艰难的负重中，他们用传统的行为方式表达伦理和精神向往，人格对于他们近乎奢侈。进城之后，当我听到另一群人奢谈人格、总喜欢用人格担保的时候，我预感到自己开始了人生的新的阶段。

在我成长的道路上，真正意识到人格塑造的紧迫性并进行系统思考的时候，我已经是一个乡的乡长了。这一年的春节，我为这个乡拟了一副对联："当官不论品品品皆公仆，做人应有格格格要清楚。"对联张贴在乡政府围墙的大门上，很多人驻足观赏，不知道是否有人能够品味个中真意？但在我心里已然有了一种责任的担当和人生的目标。在很长的一个阶段，人生的意义以及人格的塑造，让我们这一群被戏称为"要钱、要粮、要命"的乡镇干部感到困惑。我需要有一个反思的空间和展示的平台，让人格的力量在中国农村沉重的大地上释放。

2009年，我离开乡镇之后出版了《突围中的农村》，在这本为农村和农民写的书中，我写下了对农民人格的认知：

我从十一岁到十六岁这个时期最大的愿望就是离开农村。我不是厌恶农村，我依恋农村的父母兄弟，依恋给予我乐趣的赣江，依恋给予我美食的鱼塘，依恋给予我怀想的赣中小平原。可是农村太苦，我更加向往城市的品位和情调，我更加羡慕城市人的尊严和优越。

农民，一个在中国延续了几千年的群体。他们执著，他们坚忍；但他们常常又是艰辛、贫穷的代名词。南瓜茎和叶现在成了城市人偶尔品尝的美食，可在六七十年代农村人常常吃这种东西，滋味并不好受，几近猪食一点也不夸张，因为南瓜茎和叶的做法并不讲究，少了油就全然没有了它的风味。农村人的穿着十分简朴，因为贫穷，买不起好的衣裳，因为农事的繁忙，没有时间顾及穿着，穿暖是他们的目标，打扮便是一种奢侈。农村人住得十分简陋，且不说住房的紧，就说农村的居住环境也没人去配套。农村人的行“举步维艰”，城里人走的是国家出资修的水泥大马路，农村人就没法享受，现在修的水泥路，也是国家出一点，农民自己集一点修起来的。什么是城市人什么是农村人，用不着认真去探究。城里的男人撸起裤管，白净的腿肚子上长满细细的绒毛，农村人的毛发并非就不发达，可黄泥的粘连，把他们的腿毛连根也拔了。

中国传统文化把农民人格锁定在一个如牛马一般勤劳，如牛马一般负重，如牛马一般受同情的位置上。一部《红楼梦》写尽中国封建上层社会的喜和悲，几多人物的纠葛，几多人物命运的演变，大作家曹雪芹浓墨重彩，写得栩栩如生，可刘姥姥着笔不多，却无比鲜活，让人过目不忘经久不忘。刘姥姥是一典型传统农民，受了官僚地主远亲的一点点恩赐（也就是一些官僚地主穿过的旧衣裳，弃去的旧家什，还有一些在姥姥和她的孙子看来好吃的东西）就千恩万谢，说不尽官僚地主的好话。刘姥姥是个可亲可怜的老农民，这样的农民形象在中国泱泱大典中不知可以找到多少。

物质生活的差距，精神生活的贫乏，生存环境的恶劣，使农民对自身人格有一个认知，这种认知在他们的心里烙下了人格低贱的印记，在他们的血液中滚动着人格低贱的遗传基因。历朝历代的农民战争，哪一场不是被逼揭竿？陈胜、吴广是，中国共产党领导的中国革命又何尝不是？尽管中国共产党领导的是工人运动，可没有农民的参与和牺牲就不可能取得胜利。

毫无疑问，农民对自己人格的认知是社会强加给他们的，处在社会下层的农民无法改变。这就是国家制度的残酷。制度对农民人格的设定也许是统治的需要，也许是受传统文化的影响，也许是上流社会和富人世界精神生活的一种需要？也许都是。封建社会制度设计的不公平，那是因为它就是一种不平等的社会制度，社会主义社会制度设计的不公平无论如何说不过去。新中国成立以来，国家为了赶超发达资本主义国家，在制度的设计上又给了农民实实在在的伤害，行政上采取的户籍制人分二种，城里人和乡下人，又一次给翻身做主的农民在人格上注下了灰暗的一笔。经济上采取的农副产品剪刀差，给本来就苦的农村和农民以实实在在增加了许多负担，尽管摆脱了地主欺压的农民有了为国家奉献的觉悟，可是他们的人格演义并没有在全体国民中得到升华。上世纪七十年代末，国家制度的改革和创新使农民得到了切实的利益，钱袋子中开始有了几个实实在在的现金，可农民收入在全体国民人均收入中的水平仍然最低，农民不能够平等地和城市国民享受改革的文明成果，其人格提升仍然没有走出传统文化和制度设计的阴影。上世纪八九十年代全国各地殴打、欺压农民的事情仍然是此起彼伏，寡不鲜见。人们不禁要问：这社会到底是怎么啦？农民人格在党和政府倡导以人为本的今天，能够得到真正意义上的尊重吗？

中产阶层对农民人格的扭曲是有其深厚的历史文化背景和利益驱使的。被鲁迅先生“哀其不幸，怒其不争”的阿Q难道不是一个被扭曲的怪胎？曹禺先生《红日》中四姑的悲惨命运难道不是一部中产者的经典作品？如草一般低贱的农民可以肆意被践踏，这是历史，封建的历史。在共和国法律授予农民平等权利的今天，这样的历史应该被诅咒被改写。然而还是很难！利益的驱使使一些中产者做起坑农的事来，良心上并不觉得难受，他们有钱可以变着法子玩着财富的骨牌，企图把天下的财富装进自己的腰包。所以有农民工工资问题，假种子、假农药问题，等等。尊严的趋使使另一类中产者做起欺压农民的事来，身心感到无比畅快和满足，他们拿起权力的魔杖，企图把所有利益囊括在自己的股掌之中。所以有农民服毒事件，集体围攻乡镇事件，等等。

传统以为，人格地位是由财富和权力的占有所决定的，究其实，并不尽然。对人格地位的理性认知才是最重要的，每一阶级每一阶层都是如此。农民阶层中缺乏的就是这种人。刘邦当过相当于现在的村小组长，他是农民，朱元璋操过农事也是农民，还有一些，他们中的一些人随着地位的变迁，以及后来统治的需要，逐步从农民阶层中分化出来，他们代表的不再是农民阶层的利益，更多的是统治阶级的意志。他们中的许多人为农民阶层做过好事，比如朱元璋的减租减税。但这些都是微不足道的。来自农民的毛泽东是个例外。作为中国共产党的领袖，他始终记着农民的利益，但当时国家太穷，民族工业太落后，只有暂时牺牲农民的利益。然而，这些安排影响之远，绝对超出了他老人家的估计。

这是领袖级人物。实际上，芸芸农民中不乏为自己人格利益拼死斗争的勇士，尽管他们对自身人格地位缺乏理性认知，但他们懂得以国家法律和党的宗旨为依据去争取自身的利益，上世纪九十年代全国各地出现的一系列农民“维权”事件，最终引发了党和国家对“三农”问题的反思和一系列政策的重大调整。这是不入流的农民为自身人格地位作出的努力。入了流的农民的后代为农民人格地位所作的努力同样没有停止。许多来自农民的大小官员，他们没有忘本，踏踏实实为农民做着许多有益的事情，上书总理的湖北省一位乡镇党委书记李昌平就是其中的一个代表。这是有良心和良知的新一代知识分子，他们痛恨人治，期待人格的平等，他们忠实地执行党的依法治国，建设和谐社会方略，把改造人治作为自己的价值取向，这是人类文明进步的光芒。因为任何好的制度都是要人去执行的，毕竟人治是中国的精粹，为许多天天念着“群众利益高于一切”的中产者所梦想。

二十多年前那个梦想离开农村的我，现在农民眼中也是入了流的他们的后代。深夜，我坐在乡镇党委的办公室写着这样一个令社会学家头大的问题，我没有太多太大的力量，我只想跟进人类文明进步的光芒。

我之所以把这篇文章全文照录，是因为我感到人格的群体性特征，以及社会道德建设的复杂性。社会不同阶层人群的行为方式可以不同，但是他们的人格应该受到平等的尊重。在中国社会要做到这一点似乎十分困难，这是我们需要从道德建设层面去深刻反思的问题，也是我们书写改恶从善的历史的理由。

人格并非奢侈的消费，任何人都有人格，所不同的是人格的境界和品质。德国哲学家叔本华说："人是什么比人有什么重要得多，也比他人的评价重要得多。"哲学家提供的社会价值标准富有哲理，人活在世上，自然少不了物质的东西，但是决定你幸福不幸福的元素不是物质，而是人格。人格是人的性格、气质、能力和道德的总和。它是人自身固有的东西，却并非与生俱来，而是人生道路上一点一点的收获。一个人只有真正明白为什么活和怎么活的时候，自身固有的东西才会被不断舍弃和不断增加。这种来自灵魂的力量一旦释放，能够给人们快乐和福祉，将是你人生最大的满足。

人格是良知的模范，它最初体现为一种行为方式，而最终体现在一种道德约束力和道德感染力。不同人格表现出的道德意识和道德能力迥然不同。按照阳明心学的理解，人的心体虽然没有善恶，但在意念上却有善有恶，需要有一个知善知恶的良知来监管，更需要一个存善去恶的功夫去格物。而道德能力则是驾驭道德意识的一种行为能力，弘扬心中善的一面，驱逐心中恶的和不健康的成分，这是人格完善中最难的一课。高尚的人格是人间至善，卑劣的人格是人间至恶。

塑造高尚的人格取决于一种人生态度。孟子说："执中无权，犹执一。"中庸是儒家最重要的概念，指的是不偏不倚、无过无不及的精神境界。执中自然重要，如果不懂得权衡变通，执著一点就是固执僵化。所以儒家倡导一种更宽广更理智更具兼容性的生活态度，这种生活态度不仅能容纳对自己目标的坚定追求，还能容纳对这个过程的体验欣赏和享受。

人格完善与道德修养唇齿相依。本杰明•富兰克林是美国历史上第一位享誉世界的科学家、发明家、文学家、思想家，同时还是著名的实业家、政治家、慈善家、外交家，他是美国圣人。这样一位杰出人物，他的修身计划似乎太过简单，节制、寡言、秩序、决心、节俭、勤勉、真诚、公正、中庸、整洁、镇静、节欲、谦逊，十三个极其朴素的词汇，构成了一个伟大人物的精神世界。在这个世界里，简单而丰富，平凡而伟大，坚忍而执著。

本杰明•富兰克林十三项修身计划：

1.节制：食不过饱，酒不过量。

2.寡言：避免无益的聊天，言必于人或于己有益。

3.秩序：每件东西应放在一定的地方，每件日常事务应安排在一定的时间。

4.决心：该做的事一定要做，做了就要坚持不懈。

5.节俭：对人或对己有益才可用钱，绝不浪费。

6.勤勉：珍惜光阴，每时每刻都做有益的事，戒掉一切不必要的行为。

7.真诚：不欺骗，有良知，为人正直，说话诚实。

8.公正：不做不利于人的事，不要忘记做你应该做的有益于人的事。

9.中庸：避免极端，容忍别人给你的伤害，甚至于你应认为这是你应受的。

10.整洁：保持身体、衣服和住所的整洁。

11.镇静：不因小事、寻常之事、不可避免之事而慌乱。

12.节欲：少行房事，除非考虑到身体健康或者延缓子嗣；切戒房事过度，伤害身体或者损害他人的安宁与名誉。

13.谦逊：效法耶稣和苏格拉底。

在中国传统文化中，充满着人格完善的向往和光辉，短短一部《论语》，君子一词竟然出现了一百多次。在儒家看来，君子之道是人生大道，君子人格就是中国人格。什么人算是君子？儒家给出的标准包括三个方面：一是“君子怀德，小人怀土。君子怀刑，小人怀惠”。二是“矜而不争，和而不同，群而不党”。三是无恒产而有恒心。宽阔的胸襟、矜持的气质、敬畏规矩、不逐物利，以及追求大道的决心，让君子人格具备仁智勇的品质。仁者不忧，智者不惑，勇者不惧，君子人格充满阳光。

与君子相对应是小人，“君子周而不比，小人比而不周”。周就是能够团结照顾到大多数，他以道义为准则与人交往，所以有很多志同道合的朋友。小人喜欢结成小圈子，他不会融入大集体。君子的力量来自人格和内心。内省不疚，何忧何惧。

尽管儒家人格有定型的标准，但与现实的人格目标差距很大。当一个社会的价值观扭曲，人们沉浸于物欲时，人格分裂就像原子裂变，快速改变社会细胞。孔子说，我欲仁，斯仁至矣。其实并非这么简单，人的社会性改变着人，正如经济学中“劣币驱逐良币”的现象，好人被坏人驱逐，善的被恶的遮蔽。这是很正常的事情。但是这只是一种暂时的现象，我们可以想见，既然市场上流通的都是劣币，那么好的票子都去哪儿了呢？自然还在人们的手中。而这些好的票子最终还要流通市场。人们珍藏好的和善的心理，是否应验了《三字经》开头的那一句“人之初，性本善”呢？

在儒家的经典中，人并非生来就善，而是生来就有向善的倾向。孔子说：“性相近也，习相远也。”孟子说得更形象，“人性之善也，犹水之下也。人无有不善，水无有不下”。儒家后学高估了人性的本能，从程颐、朱熹开始，“人之初，性本善”成为儒家后学沿袭的学理，实际上这是一种功利性的表达。而王阳明说的“无善无恶心之体”，其实也是一种美好愿望。中国自古把人分成三六九等，人有高低贵贱之分，这是无法否定的事实，在这样的文化价值选择中如何树立君子人格？倡导君子人格，需要培养君子人格的社会风尚。如果所有的社会人吃奶的时候，心里都能记住青草的芳香，那么扭曲的社会价值观就会回归大道。

君子人格具备自觉的良知，而自觉的良知才是至高无上的精神上的善。在写作南宋名相周必大时，我茫然不知何从下笔。在他的故乡永和吉州窑博物馆，我突然有了灵感。周必大是一个君子，因为他懂得窑火淬炼的真谛，这样的发现让我久久不能平静。

后记

回望青原

一

青原养眼，因为它的美。青原润心，因为它的文化。

几个月来，青原这个地名烙印在我脑海，由它引出的古庐陵一个个鲜活的人物，一件件灵魂犹在的文物，一桩桩感人肺腑的故事，在我心里构建起一个宏阔的世界。这个世界充满着大爱，飞扬着大思想，饱含着大智慧。在这块浸润天下良知的土地上，我细心寻找着一条条隐匿的线索，拼接起一组组感人的画面，我期待文字一页页延伸，延伸到许多人的心里。

现在我终于可以合卷了。

回望青原，我在待月桥上沉思，我在天马山上遥望，我在三舍拾古，我在小池寻觅，我在通往泷冈阡表的小路上徘徊，我在永和想象窑火淬炼的风韵……千年时空，铺陈着通往两个朝代的道路，太多人的身家在风雨中飘摇，而他们的心始终不湿。是的，是致良知的学说吸引他们，在青原的天空放飞致良知的理想，可是，我蓦然回首，分明看到数百里方圆原本就是致良知的沃土。这样的发现让我新奇和兴奋。

回望青原，我心光明。心学家的良知说或许过于晦涩，那么我来告诉你，良知就是良心，良知就是对世间美好的体认和向往，良知就是积极的社会担当，良知就是一切对社会对人类有益的行为。何以致良知？致良知就是寡欲和克欲的过程，永不纵欲，永葆常欲。无论是两宋庐陵“五忠一节”，还是明朝庐陵“三庄一贞”，他们用自己的美丽人生诠释了致良知的真谛。书写他们，始终有一种感动流进心田，始终有一种感悟浮现脑海，始终有一种热浪传递身体。良知是一种向善的品质，良知是一种高贵的精神，良知是一种崇高的信念。

回望青原，我感谢朋友们的帮助。青原区政协副主席罗志强，吉州区政协副主席罗文青，吉安县政协副主席罗晓忠，安福县政府副县长彭慧芝，永丰县工业园管委会主任曾招胜，吉水县委宣传部副部长周小鹏，泰和县工业园管委会主任曾广文……还有很多人，我记住了他们的名字以及他们的热情，忘不了他们对文化的热爱和向往。

二

2013年，江西省作协推出“走向田野文化散文”创作工程，发掘江西有影响的文化符号。这项工程历时两年，我有幸参与其中，非常感谢省作协的抬爱。在这两年里，我写作并出版了《赣江十八滩》（由三联书店出版）、《赣江边的中国》（由长江文艺出版社出版）。2015年5月，我在吉安市委党校学习，期间参观阳明书院，感触很深。我顺着致良知的线索，寻访吉安大地，在这个过程中，吉安厚重的人文裹挟着我，我为这块土地孕育的思想和忠魂感到骄傲和自豪。我决定再写一本书，书名就叫《天下良知》。

2013年5月，江西省作协驻会副主席曾清生（著名作家江子）嘱我写《赣江十八滩》。赣江是江西的母亲河，在历史演进中，赣江的地位十分显著。因为这条河流，实现了中国版图人口平衡和南北经济对接。从万安到赣州240里航道是千里赣江最险的一段，其间十八滩，滩滩鬼门关，十船经过九船翻，一船虽过吓破胆。赣江十八滩流域文化多元，形成了独特的风物，儿郎灯、鼓子灯、元宵唱船等诸多民俗有很好传承。赣江十八滩船夫号子有别于其他河流，因为船小，号子的场面或许不如别的河流宏大，但它表现的人文精神却比其他河流坚韧。赣江十八滩历代文人荟萃，粗略统计，有69位历史名人留诗于此，辛弃疾《菩萨蛮•书江西造口壁》，文天祥《过零丁洋》，让“造口壁”和“惶恐滩”成为中华文化中璀璨的爱国符号。而这两处地名都在万安。赣江十八滩流域是中国历代人口迁徙的中转站，也是众多中原人暂时的栖所，拨动着全世界客家人的心灵。

2014年9月，时任江西省文联主席、中国民间文艺家协会副主席刘华先生与我谈起大洋洲商代大墓，以及肖公崇拜。他跟我说，大洋洲了不起，江西人对自己的文化不自信，根本问题就是不知道自己文化的根在哪里。刘先生希望我透过大洋洲这个点辐射开去，去寻找江西文化的根。我知道这是一项非常有难度的创作，然而我愿意努力去尝试，因为我的家族在出土商代大墓，以及生养肖公的大洋洲繁衍了九百年。大洋洲商代大墓距今三千年，出土了一千多件文物，但是烙印地方标识的文物并不多，我的任务就是在这不多的文物中，揭开一个生长在江西土地上的古老王国。当我穿越时空走进这个王国时，我惊喜地发现曾经的王国是那样的色彩斑斓，令人向往。

感谢著名评论家赖大仁先生给予这本书的评价，这个评价让我感到了创作的价值。他说，作品（《赣江边的中国》）所写内容富有地方文化特色，比较朴实厚重。作者对这块土地上的历史和文化，有自己独到的认识理解和感悟思考，同时也富于历史想象。作品将历史追问与文化寻觅、理性思考与文学想象紧密地结合，交织着历史与现实的双重叩问，富有作为历史文化散文的特质和启示意义。作品文笔比较明快流畅，有较好的文学性。从总体上看，该著具有出版意义价值。

三

什么是文化？

我在《赣江十八滩》一书中如是表达，文化是一种物象，是一种浸润心灵的感觉，是一种说不清、道不明、却实实在在存在于群体间的力量。后来我说得更干脆，物化的情结就是文化。写《赣江边的中国》时，面对着冰冷的青铜器，我的心里却热乎乎的，我对文化的感悟更深。在这本书中我说，文化特别复杂，但也特别简单。文化是什么？文化就是物化的情结，文化就是地方性格，文化就是老百姓天天拿在手上、说在嘴巴上的东西。

文化的主体论是一个颇有争论的问题。我不想争论，我坚定地认为，文化的主体是人，没有人哪来的文化？表达地方文化无疑要表现人物、事件和风俗。无论是已经出版的《赣江十八滩》《赣江边的中国》，还是刚刚完成的《天下良知》，我所表达的都是吉安这块土地上的人物、事件和风俗。尤其是《天下良知》写了大量的人物，这些人物丰富多彩的人生，给我们展示了吉安大地欣欣的文化姿态，以及向善去恶的文化品质。而这些恰恰是吉安最需要和值得表现的文化。

文化的地方性其实就是文化的多样性。吉安人有一个思维定势，表现庐陵文化一定离不开宋代。因为宋代庐陵出了欧阳修、杨万里、文天祥等一大批杰出人物，因此，记忆庐陵很自然打开了宋代庐陵的记忆。我想说的是，文化长在地方的土壤，养成地方的性格。发掘地方文化，最重要的是展示地方性格，这是非常有意义的事情。庐陵是宋代的，更是历史的和现代的。记忆庐陵从文化开始，那么庐陵文化的根在哪里呢？如果《赣江边的中国》能够给人们带来一些启示，我将感到无比欣慰。

实际上表达地方文化已经有了一个明显的误区。人们注重传导古老村落的形态，历史厚重感强，但是村庄人们所秉承的生活信念常常被忽略，让人生出有历史没文化的感叹。村庄文化是村庄人们的生活方式，价值选择和集体意志。发掘村庄文化最有价值的可能不是村庄的形态，而是村庄人们的生活方式、价值选择和集体意志。传统并非什么都好，什么都美，怀念传统，但不可沉溺于传统。如果沉溺传统，未免太过矫情。

我在写作过程中努力尝试着表达地方文化。我想，地方文化只有在中华文化的大背景下，才会有宏阔的气象。在这样的表达中，给地方文化一个适当的高度，地方文化才会鲜活起来，尘封在人们心头的记忆才会徐徐打开，遗弃在草丛荆棘中的物件才会裹挟着故事朝我们微笑。

历史包含文化，文化揭示历史，无论多远都会绽放姿态。

我喜欢这种姿态。

四

走向田野文化散文，首先是田野性，用刘华先生的话说，要看得见人，听得见声音。消逝在历史烟尘中的人和事，如何让它活起来？作家的创造力以及创作的意义表现在这里。其次是文化性，如何表现地方文化？之前我已经说过一些粗浅的看法。再次是历史性，维护历史真实是作家的良知。这三者相互关联，难的是对地方文化的文学表达。

我很欣慰，我为吉安文化所做的这些，或许今后我不再为这样的文本样式操心了。但是我仍然想把关于地方文化研究，以及关于地方文化表达的思考记录在这本书的后面。我期待这样的劳动和创造还会有别的作家继续。

图书在版编目（CIP）数据

天下良知 / 李桂平著. — 南昌：江西人民出版社，2015.12

ISBN 978-7-210-08162-3

Ⅰ.①天… Ⅱ.①李… Ⅲ.①散文集–中国–当代 Ⅳ.①I267

中国版本图书馆 CIP 数据核字（2015）第 304333 号

天下良知 李桂平 著

责任编辑：游道勤 陈才艳
出 版：江西人民出版社
发 行：各地新华书店
地 址：江西省南昌市三经路 47 号附 1 号
编辑部电话：0791-86898115
发行部电话：0791-86898893
邮 编：330006
网 址：www.jxpph.com
2015 年 12 月第 1 版 2015 年 12 月第 1 次印刷
开 本：787×1092 毫米 1/16
印 张：15
字 数：150 千字
ISBN 978-7-210-08162-3
赣版权登字—01—2015—903

定 价：38.00 元
承 印 厂：深圳市精彩印联合印务有限公司

赣人版图书凡属印刷、装订错误，请随时向承印厂调换